書下ろし

女形《おやま》殺し

風烈廻り与力・青柳剣一郎⑦

小杉健治

祥伝社文庫

目次

第一章　刑場の涙雨

一

小伝馬町《こでんまちょう》の牢屋敷から六尺棒を担《かつ》いだふたりの男が現れた。続いて、罪人の名前と罪状を書いた捨札《すてふだ》という木札を持った男。さらに、突棒《つくぼう》、刺股《さすまた》などの捕り物道具を持った男が続き、いよいよ、口取りに引かれて、罪人を乗せた馬が出て来た。罪人は後ろ手に縛《しば》られており、ふたりの付添いがついている。

罪人の乗った馬のあとに、騎馬で陣笠、陣羽織、袴《はかま》姿の検使与力ふたりに警護の同心たちが続いた。

引廻しの極悪人を一目見ようと沿道は黒山の人だかりだった。

赤子を背負った長屋の女房ふうの女や、仕事の途中を抜け出してきたたすき掛けの板前や、前掛け姿の丁稚《でっち》、それに武士や遊び人ふうの男など、さまざまな者たちが引廻しのものものしい行列に見入っている。

引廻しの一行は大伝馬町《おおてんま》から堀留町《ほりどめ》を過ぎ、やがて小舟町《こふな》に差しかかった。

絵草子屋の角から、十九歳になる娘が青ざめた顔で馬上の罪人を見ていた。

罪人の名は、田丸屋友右衛門《たまるやともえもん》。罪状は人殺しと火付けである。髷《まげ》はそそけだち、無精髭《ぶしょうひげ》を生やし、頭髪は真っ白で、まるで老人のように思えた。

「おとっつあん」

娘が叫んで、飛び出して行こうとするのを、

「お嬢さま、いけません」

と、年増の女が腕をつかんだ。

「いや、離して。おとっつあん」

友右衛門の娘のお弓《ゆみ》だった。必死に引き止めているのは女中のおつねであった。

友右衛門は俯《うつむ》き、泣いているかのようだった。十も二十も老け込《ふ》んでしまっている父に、お弓は胸が張り裂けそうになった。

引廻しの一行は徐々に遠ざかって行った。行列の最後尾が行き過ぎると、三々五々野次馬が散って行った。

「さあ、お嬢さま」

おつねに支えられるようにして、お弓は日本橋久松町《にほんばしひさまつ》にある家作に戻った。

二階の部屋に入るなり、お弓は畳に突っ伏して泣き出した。きょうで父はこの世からいなくなるのだ。それを思うと、胸を掻《か》きむしりたくなった。

この世に神も仏もないと、お弓は呪《のろ》わざるを得なかった。

母が十年前に亡くなってから、父友右衛門は脇目もふらずに商売一筋にやってきた。道楽などせず、唯一の楽しみは一日の仕事を終えたあとに、お弓を侍《はべ》らせての晩酌だった。

ところが一年ほど前にお孝《こう》という二十六歳の女を後添いに迎えた。兄の友太郎《ともたろう》は難色を示したが、お弓は許した。

お孝は美しいが、派手好きだった。三日に上げずきれいに着飾って芝居見物に出かけるような女だった。

兄がぐれたのも継母《はは》のせいだ。兄は継母を嫌っていた。だが、父は継母の味方をし、兄を叱責《しっせき》した。

兄が勘当になったのも、継母の告《つ》げ口を父が真に受けたからだ。

兄が勘当になってから、継母の役者狂いは激しくなっていった。最初のうちは十日に一遍だったのが七日に一遍、今では二、三日に一遍、ひどいときには何日も続けるということもあった。

お孝は贔屓《ひいき》の役者を茶屋に呼んで大盤振る舞いをしているらしい。

「俺は間違っていたようだ。友太郎のほうが正しかったのだ」

最近になって、父は兄を勘当したことを後悔しはじめていた。

「友太郎はどこにいるんだ。俺は友太郎に謝りたいんだ。勘当を解くから、戻って来てもらいたい」

父は辛《つら》そうな顔で叶《かな》わぬことを言うのだった。

「おとっつあん。私だって兄さんが帰って来てくれるのを心から望んでいるわ。いつかきっと兄さんは帰って来てよ」

「また、友太郎とお弓と三人だけの暮らしに戻りたいものだ」

そんな父の優しい表情が蘇ってきて、お弓はまたも嗚咽《おえつ》をもらした。

いっときの慟哭《どうこく》が去ったあと、お弓は顔を上げた。

父は今頃、どこを通っているのだろうか。引廻しの一行はあのあと八丁堀《はっちょうぼり》の組屋敷をまわって、日本橋から南に向かう大通りに出るのだ。

まだそこまでは行かず、八丁堀を通過している頃だろうか。

風鈴が音を立てた。お弓は窓辺に立ち、青空を見上げた。

陽が上るにつれ、暑くなってきた。七月五日だ。初秋とはいえ、きょうも残暑が厳しそうだった。

町家の屋根屋根の上に七夕《たなばた》の長い笹が立ち並んでいる。

子どもの頃の楽しかった七夕祭のことが思い出された。短冊にいろいろな願いを書き、父や母、兄といっしょに笹に結びつけた。

（おとっつあん）

白い雲が父に見えてきた。

引廻しの一行は高輪《たかなわ》の大木戸まで行って引き返し、そのあと、溜池《ためいけ》や赤坂《あかさか》を経て市《いち》ヶ谷《や》御門、それからさらに進んで湯島《ゆしま》の切り通し、池之端仲町《いけのはたなかまち》から下谷広小路《したやひろこうじ》に出て、上野山下《うえのやました》から稲荷《いなり》町を経て、浅草雷門《あさくさかみなりもん》前、花川戸《はなかわど》、そして今戸《いまど》で引き返し、蔵《くら》前《まえ》通りを通り、浅草御門を通り抜けて、馬喰《ばくろ》町を通って小伝馬町の牢屋敷に戻っていく。

お弓は落ち着かない刻《とき》を過ごした。

せっかくおつねが作ってくれた昼飯も食べず、ただ部屋の真ん中に茫然《ぼうぜん》と座っていた。

開け放たれた窓から入り込んでいた生暖かい風が、夕方近くになって涼しくなっていたが、お弓はそのことにも気づかなかった。

「お嬢さま」

おつねが梯子段《はしご》を駆け上がって来た。

「浅草御門に差しかかったそうですよ」

お弓ははっとして目を見開いた。

お弓はおつねといっしょに家を出た。

馬喰町に行くと、沿道は野次馬で埋まっていた。お弓はひとの少ない場所を探しながら、牢屋敷の近くに移動し、やっと道の前に出ることが出来た。

だんだんざわめきが大きくなった。先頭の六尺棒を担いだふたりの男がゆっくり近づいて来る。

お弓は目に涙をためて、父の姿が見えるのを待った。

一行が近づいて来た。地を踏む足音や馬のひずめの音がいくつも折り重なって聞こえた。そして、今先頭の六尺棒が目の前を行き過ぎ、馬に乗せられた父が間近に迫って来た。

父は馬上から辺りを見回している。自分を探しているのだと思った。お弓は一歩前に出た。今度はおつねは止めなかった。

父の視線がお弓の顔に注《そそ》がれた。

父の唇が動いた。声にならなかったが、お弓と呼んだようだった。父の目から涙が落ちた。

目の前を過《よぎ》って行く。父は顔をこっちに向けている。

また、父の唇が動いた。

達者で暮らせ。そう言ったように思えた。

顔を正面に戻した父がまた辺りを見回した。兄さんを探しているんだわ、とお弓は胸が塞《ふさ》がれそうになった。

兄の友太郎は父の不幸を知っているのだろうか。

引廻しの一行は徐々に牢屋敷に近づいて行く。お弓は涙をこらえて父のあとを追った。

二

それより二ヶ月ちょっと前の五月一日のことだった。

端午《たんご》の節句を控え、家々の軒端には菖蒲《しょうぶ》が吊《つ》るされ、屋根の上には鯉《こい》のぼりが風にはためいている。

暑い日だったが、夕方になって少し涼しくなった。強く吹いていた風も少し弱まったが、それでも時折、突風が埃《ほこり》を舞い上げていた。

風烈廻り与力の青柳剣一郎《あおやぎけんいちろう》は礒島源太郎《いそじまげんたろう》と只野平四郎《ただのへいしろう》を伴《ともな》い、市中の見廻りに出て、暮六つ（六時）の鐘を聞いたとき、鎌倉町《かまくら》にさしかかった。ここの鎌倉河岸に、油問屋が二軒ある。

油を扱っているだけに、どちらの店の主人も火の始末には十分に注意をしているが、不逞《ふてい》の輩《やから》が火を放たないとも限らない。

というのも、最近、この界隈《かいわい》で不審火が発見されているのだ。十日ほど前に、木戸番の男が夜回りのときに、油問屋の裏塀の辺りで火の手が上がったのを見つけ、大声で火事だと叫び、飛び出して来た者たちといっしょに消し止めた。塀と庭木を燃やしただけで済んだが、もし土蔵の油に火が移ったら大事になっていただろう。

それから、三日前にも、その近くで不審火が発見された。それも発見が早く、すぐに消し止めたから事なきを得たが、三度目が起こらないとも限らない。

今夜のように風の強い日は警戒が必要だった。鳶《とび》の者や町内の若者が見廻りを続けているのだ。

火事騒ぎのどさくさに紛《まぎ》れて盗みを働く不届き者も多い。また江戸の住民は借家住まいが多くて家財道具がたくさんあるわけではないから火事で焼け出されてもたいして困らない。それより、火事のあとでは家の建て直しなどで仕事がたくさん出来るのだ。その仕事にありつこうとして火を放つとんでもない輩もいる。

鎌倉河岸に出ようとしたとき、向こうから数人の男がやって来るのを見た。真ん中にいた、印半纏《しるしばんてん》を着た大柄な男が、

「青柳さま」

と、足を止めて言った。

「おう助五郎《すけごろう》か」

一番組「い」組の梯子持ちの助五郎だった。

鳶職の助五郎は普段は土木の雑事や大工、左官の手伝い、祭や行事の縄張りや飾りつけなどを行っている。

「ごくろう。変わりはないようだな」

「へい。ありやせん」

助五郎が頭を下げた。

「油断することなく、見廻りを頼む」

「へい」

と助五郎が頭を下げたとき、すぐ先の店から誰かが飛び出したのが見えた。ふたりの男は大通りのほうに走って行った。

「あれは『田丸屋』の旦那《だんな》みたいだな」

助五郎が叫んだ。確かに、ふたりが出て来たのは木綿《もめん》問屋『田丸屋』からだ。主人の友右衛門かもしれないと思った。

「なんだか急いでたようでしたね。何かあったのでしょうか」

「うむ。気になるな。よし、私が『田丸屋』に確かめてみよう。助五郎たちは見廻りを続けてくれ」

「わかりやした」

助五郎は手下を連れて、去って行った。

礒島源太郎と只野平四郎に自身番で待つように言い、剣一郎は『田丸屋』に向かった。

剣一郎は潜《くぐ》り戸を叩《たた》いた。

「どちらさまで?」

内側から声がした。

「八丁堀だが、ちょっといいか」

「は、はい。ただ今、すぐに」

閂《かんぬき》の外れる音がして、戸が開いた。

「あっ、青柳さま」

番頭の吉助《よしすけ》が顔を覗《のぞ》かせた。三十三歳で、四角い顔をした中肉中背の男だ。

剣一郎は土間に入って、

「旦那は出かけたのか」

と、きいた。

「はい。たった今、お出かけになりました」

「すまないが、内儀《おかみ》さんを呼んでくれないか」

「はい。少々お待ちください」

番頭が奥に向かった。

剣一郎は内儀のお孝から事情を聞こうとしたのだ。

しばらくして、番頭といっしょにおつねという女中がやって来て、

「青柳さま。どうぞ、こちらへ」

と、招じた。

おつねの硬い表情が気になりながら、剣一郎は刀を右手に持ってついて行った。

剣一郎は客間に通された。

「少々お待ちくださいませ」

おつねが部屋を出て行ったあと、入れ代わるように娘のお弓がやって来た。艶《つや》やかな黒髪に白い顔が映《は》えている。

「青柳さま」

お弓が手をついた。

「お孝は?」

「はい。継母《はは》も外出しております」

剣一郎は眉を寄せた。

「また、芝居か」

お孝は後妻である。お弓の母、つまり友右衛門の女房は十年前、お弓が九歳のときに亡くなり、その後男手ひとつで兄の友太郎とお弓を育て上げたと聞いている。

「青柳さま。お恥ずかしゅうございます」

お弓は辛《つら》そうに俯いた。

「お弓。友右衛門があわてて駆けて行ったが、何かあったのか」

「はい。じつは、さっき今戸の私どもの寮で下男をしています嘉平《かへい》という男がやって来ました。それで、父は今戸の寮まで出かけたのでございます」

「嘉平は何と言って来たのか」

「父は何も言ってくれませんでしたので、父が支度をしている間に、嘉平を問い詰めると、母は今秀次郎《ひでじろう》という女形《おやま》の役者と今戸の寮にいるということでした。嘉平は今夜はここにいなくていいと言われたそうです。そのことに不審を持って、父に知らせに来たということでした」

「秀次郎というのは、お孝が贔屓にしている役者か」

「はい。おそらく父はふたりがいっしょの現場を押さえ、継母に離縁を申し渡すつもりかと思います。でも、私が心配しているのは、相手が歯向かってこないかと」

「よし、私が行ってみよう」

「ほんとうでございますか」

「うむ」

「私もいっしょに」

「いや。そなたはここにいるのだ。別に大事ないと思うが」

そうは言ったものの、自分の女房と役者がいっしょのところを見れば、友右衛門とて逆上して何をするかはわからない。

密通した妻と間夫《まぶ》を殺しても罪に問われないが、お弓の言う通りに、お孝と秀次郎が逆襲してこないとも限らない。

『田丸屋』を出ると、自身番に寄り、礒島源太郎と只野平四郎に夜廻りを続けるように言い、剣一郎は近くの駕籠屋に向かった。

駕籠は出払っていたが、ちょうど帰って来た駕籠があり、それに乗って今戸に急いだ。友右衛門に遅れること、四半刻（三十分）ぐらいだろうか。

闇に沈んだ家並みが続くなかに、ところどころに呑み屋や料理屋の軒行灯《のきあんどん》の明かりが現れ、また暗がりが続く。

剣一郎は刀を抱えるように持ち、駕籠に揺られた。

『田丸屋』とは見廻りの際などに顔を合わせることが多く、主人の友右衛門のことはよく知っていた。

友右衛門はお孝に狂ったとしか思えない。お孝は目鼻だちもはっきりして華やかな感じの色っぽい年増だが、派手好きで、商売のことにもあまり興味を持っていないようだ。商家の内儀としてどうかと周囲から不安がられていたが、堅物《かたぶつ》の友右衛門はお孝の色香にはまってもう周囲が見えなくなってしまっていたのだ。

駕籠かきの掛け声が夜の道に響き、駕籠は蔵前通りに入った。鰻《うなぎ》屋の軒行灯の明かりが去り、両側に料理屋の軒行灯の明かりが続く。そして、右手に駒形《こまがた》堂の常夜灯が見えて来た。

材木《ざいもく》町から吾妻《あずま》橋の西詰めを突っ切り、花川戸に入って来た。そば屋や居酒屋などの提灯《ちょうちん》の明かりが点々と続き、やがて山谷堀《さんやぼり》に近づいた。

船宿の賑《にぎ》わいが過ぎると、ぽつりぽつりと洒落《しゃれ》た家が目立つようになってきた。

突然、半鐘《はんしょう》が鳴った。連打だ。

先棒の駕籠かきが叫んだ。

「あっ、火事だ。旦那、先には行けませんぜ」

「よし、下ろせ」

剣一郎は駕籠から下りた。行く手にひとが多い。剣一郎は駆けた。前方に火消しが向かって行くのが見えた。

剣一郎は現場近くに着いた。

「火事はどこだ？」

「『田丸屋』の寮です」

職人体《てい》の男が答えた。

やがて、威勢のよい掛け声と共に、地を踏みつける足音が聞こえた。振り返ると、十番組とかかれた刺子《さしこ》半纏を着た男たちだ。この界隈の町火消は十番組の「り組」だ。

『田丸屋』の寮に到着すると、火消しはさっと持ち場に走った。龍吐水《りゅうどすい》の水を体にかけ、梯子持ちと纏《まとい》持ちが炎に向かった。鳶口を持った男たちが風下の家を壊しはじめた。

剣一郎は火消しの活躍を見守るしかなかった。

この辺りは庭が広く、家と家の間隔は広いが、火の粉《こ》が強い風に乗って飛び、類焼の可能性があった。

剣一郎も飛んで来た火の粉を足で踏み消した。

炎で明るくなった屋根の上で、纏持ちが「り組」の纏を立てた。

野次馬からどっと歓声が上がった瞬間、屋根がぐらっとした。纏持ちが必死に足を踏ん張り、纏を立て直す。

町奉行所から火事場頭巾《ずきん》、火事羽織に野袴姿の火事場掛かり与力と同心が駆けつけて来たときにはもうほとんど消火していた。

町火消の迅速な活躍で、半刻（一時間）後に火は消えたのだ。

剣一郎は火事場掛かり与力に声をかけた。

「これは青柳どの」

「ごくろうでござる。じつは、『田丸屋』の寮を訪ねようとしていたところに、この出火であった」

「で、中に誰が？」

「『田丸屋』の内儀と秀次郎という役者がいるはず。それに、『田丸屋』の亭主の友右衛門」

焼け跡から走って来た鳶口を持った男が、頭取に何か囁《ささや》いた。その頭取がこっちにやって来て、

「焼け跡から男女の遺体が見つかったそうです」

と、知らせた。

「男女……」

剣一郎は呟いた。

男は秀次郎、女はお孝かもしれない。

剣一郎は庭に運び込まれた死体の傍《そば》に飛んで行った。

すすで汚れた顔はお孝に間違いなかった。帯も着物もそれほど焼けていない。

剣一郎はお孝の体をうつ伏せにした。そして、うっと声を呑んだ。

背中じゅう血だらけだった。

「これは」

深く抉《えぐ》れた傷が幾つか見つかった。

剣一郎はもう一つの死体を調べた。若い男だ。女形役者の秀次郎だろう。腹部と背中に刺し傷があった。

ふたりとも刃物で刺されているのだ。

「もうひとつ、死体がありました」

鳶の者が新たに戸板に死体を乗せて運んで来た。

剣一郎は運ばれて来た死体を見た。

「違う。友右衛門ではない」

その死体もやはり血だらけだった。これほどの出血なら、下手人はかなり返り血を浴びているはずだ。

「もう、他にないか」

「いえ、ありません」

鳶の者が答えた。

そこに、老女が駆け込んで来た。

「おじいさん。おじいさん」

もう一つの死体に飛びついた。

「寮番の喜助《きすけ》の女房です」

そう説明したのは、この一帯を縄張りとしている岡っ引きの花川戸の安五郎《やすごろう》だった。

この寮には寮番の喜助夫婦と下男の嘉平が住んでいたという。

やがて、定町廻り同心の内野佐之助《うちのさのすけ》もやって来た。強面《こわもて》のする同心だ。

内野佐之助は遺体を改めている。

剣一郎は友右衛門を探した。

ごった返している火事現場の周辺にいた野次馬に向かって、

「『田丸屋』の者はおるか。友右衛門はおるか」

と、剣一郎は大声で呼んだ。

だが、返事はなかった。

いったい、友右衛門はどうしたのか。

剣一郎は不安にかられながら見上げた空に、星が流れるのを見た。吉か凶か。覚えず、深いため息を漏らした。

三

もう子《ね》の刻の真ん中（午前零時）になるだろう。

おとっつぁんはどうしたのかしらと、お弓は寝間に入ったものの落ち着かなかった。

今夜は今戸の寮に泊まって来るのかもしれない。何か困ったことになっていないだろうか。

風の音にはっと驚く。でも、青柳さまがあとを追ってくだすったんだもの、きっと大丈夫だわと、自分に言い聞かせるが、継母と役者の秀次郎がいるところに父が現れて何事もなく済むだろうかと不安になる。

また風が何かを打ちつけている。

廊下に足音がした。部屋の前で止まった。

「お嬢さま。もうお休みでしょうか」

おつねが小声で呼んだ。

「いえ。起きています。どうかしたの?」

お弓は半身を起こした。

「今、花川戸の安五郎親分がお見えでございます」

「安五郎親分?」

「岡っ引きでございます」

「岡っ引き」

動悸《どうき》が速まった。

「何かあったの?」

お弓が障子を開けた。

おつねが泣きそうな顔を向けた。

「お嬢さま。驚きなさらないでください。今戸の寮が火事で燃え、内儀さんがお亡くなりになったそうです」

お弓は自分でも頬《ほお》が引きつっているのがわかった。

「お嬢さま。もうひとり、秀次郎という役者、それから寮番の喜助さんもいっしょに亡くなったそうです」

お弓は頭の中が真っ白になった。

信じられなかった。今朝、芝居見物だと言い、着飾って出て行った。あまり好きになれない相手だったが、まがりなりにも継母だった。

お弓ははっと我に返り、

「で、おとっつぁんは？」

と、血相を変えた。

「まだ、行方がわからないそうです」

お弓は羽織を引っかけて店のほうに出て行った。

「お嬢さま。たいへんなことになりました」

番頭がうろたえていた。

帳場の横の上がり口に尻端折《しりっぱしょ》りした岡っ引きは手下を連れて待っていた。三十半《なか》ばぐらいの色の浅黒い男だった。

「俺は南の内野佐之助さまから手札をいただいている花川戸の安五郎だ。あらかた話は聞いたと思うが、今戸でとんでもないことが起こった。で、肝心の友右衛門の姿が見えねえ。ひょっとして、ここに戻って来ているんじゃねえかと思ってな」

安五郎が傲岸《ごうがん》な物言いできいた。

「いいえ。父は戻っておりません。いったい、父はどうしたのでしょうか」

お弓は不安から胸が張り裂けそうになってきいた。

「お孝と役者の秀次郎、それに寮番の喜助の三人を刃物で殺し、家に火を放った疑いがあるのだ」

お弓は一瞬目眩《めまい》がして手をついた。

「お嬢さま」

おつねが体を支えた。

「だいじょうぶよ」

お弓は体を起こしてきいた。

「父がそんなだいそれたことをするはずはありません」

「まあ、その詮議はあとだ。まず、友右衛門を見つけ出さないことには話にならねえ」

「父はどこにもいないのですか」

「そうだ。友右衛門は事情を知っているはずだ」

「父は帰っていません」

頭の中に悪い想像が走り、お弓は喚《わめ》きたい衝動を懸命に抑えた。

「すまねえが、もう一度家の中を探してもらいたい。もしや、土蔵や物置にでも隠れている《・》やもしれねえ」

「は、はい」

お弓が番頭に目顔で頷《うなず》いた。

番頭が手代や丁稚に指図して庭に向かった。

「おまえさんには寝間のほうもお願いする」

安五郎は威圧的だった。最初から、父を疑っている様子だった。

不快さと不安がないまぜになって、お弓を息苦しくさせた。だが、それ以上に父のことが心配だった。

なにはともあれ、まず父を探すことが先決だった。

お弓はおつねと共に父と継母の寝間に行ってみた。さらに、居間や客間などを覗き、押入れまで開けてみた。

父はいなかった。

店先に戻ると、番頭たちも戻っていた。

「旦那さまはどちらにもお出でにはなりません」

安五郎がお弓に向かい、

「念のため、見張りを店の前に残しておくが、もし、友右衛門が戻って来たら隠し立てすることなく俺たちに知らせるように」

と言い、手下を連れて出て行った。

お弓は気を取り直し、

「明日も仕事があります。あとは私が起きています。みんな休んで」

と、番頭や奉公人に言った。

番頭たちが部屋に引き上げてから、お弓も自分の部屋に戻った。おつねがついて来た。

「おつね。おまえも休みなさい」

「いえ。私はお嬢さまといっしょに旦那さまをお待ちいたします」

お弓は黙った。

「お嬢さま。いったい、旦那さまはどうしたって言うのでしょうか」

おつねが心配そうにきいた。

「何かの間違いよ。そうに決まっているわ。もう、いいわ。おつねも休んで」

「いえ、お嬢さま」

「私も休みますから」

「そうですか。では、そうさせていただきます」

おつねは部屋に引き上げた。

お弓は仏間に行った。

「おっかさん。どうぞ、おとっつあんが無事でありますように」

実の母の位牌《いはい》に向かって、お弓は手を合わせた。

不安は消えるどころか、ますます大きくなっていた。

継母のお孝が死んだ。そのことはどうもうまく事実として受け止められない。

きょうも、継母はおめかしをし、駕籠に乗って出かけた。ずいぶんご機嫌だった。あの艶《あで》やかな顔が瞼《まぶた》の裏に残っている。

継母は芝居見物に行くと、芝居茶屋に贔屓の役者を呼んで酒宴をしているらしい。贔屓の役者にお酒を振る舞うだけだと言っていたが、それにしてはいつも帰りは遅かった。

母の贔屓は女形の秀次郎という役者だ。秀次郎は女形の割りには大柄で、顔も大きい。舞台ではそれなりな女に化けるが、ふだんはごつい感じで、とうてい女形とは思えなかった。女好きで、秀次郎に全身をなめまわすような目つきで見られ、鳥肌が立った覚えがある。

父はだんだん継母を疑いはじめていた。いや、はっきり裏切られていることを知ったのだ。だから密通の証拠を突きつけ、継母に離縁を言い渡すつもりだったに違いない。口にこそ出さなかったものの、お弓には父の気持ちがよくわかった。

だから、嘉平の知らせを聞いて、父は飛び出して行ったのだ。父にはふたりに制裁を加えるなんて気はさらさらなかったはずだ。ましてや、寮番の喜助まで手にかけるなど考えられない。

今戸の寮でいったい何があったのか。父と継母、そして秀次郎の三人でどんな話し合いが行われたのか。

またもお弓は絶望的な思いにかられた。継母と秀次郎は殺され、父の姿がないという。そのことが何を意味するのか。

こんなときに兄がいてくれたら、とお弓は兄友太郎のことを思った。

兄は最初から継母のいかがわしさに気づいていたのだ。兄が悪い仲間と付き合うようになったのも継母が家に来てからだ。

盛り場で町のならず者と喧嘩《けんか》をし、相手に大怪我《おおけが》をさせた。兄が荒れていたのは継母に傾斜していた父への反発だった。

あれは一年ほど前のことだった。

夜遅く、兄が血だらけになって帰って来たことがあった。庭の井戸で、兄は血のついた手足を洗っていたのだ。

わけをきくと、本所回向院《ほんじょえこういん》裏の茶屋からの帰り、すれ違った男がわざとぶつかってきて、それから喧嘩になったのだという。

相手がこん棒で殴《なぐ》り掛かって来たのを、兄は奪い取って反対に殴った。夢中で殴ったのでどうなったかわからないが、兄は怖くなって逃げて来たと言った。

相手はならず者だ。仕返しが怖いから、しばらくあの辺りに行かないようにすると言っていたのだが、その翌日、岡っ引きがやって来た。

殴られた男は呻《うめ》いているところを通り掛かった岡っ引きに見つかった。そこで、その男が『田丸屋』の友太郎にやられたとはっきり言ったのだという。

兄は追放の刑を受け、江戸所払いとなった。そろそろ一年経つが、兄の居所は杳《よう》として知れないのだ。

「兄さん、どこに……」

お弓は声を詰まらせた。

眠れぬまま刻《とき》が過ぎた。

外がしらじらとしてきたとき、廊下をあわてて駆けつける足音がした。

お弓ははっと飛び起き、急いで羽織をひっかけた。

「お嬢さま。たいへんでございます」

お弓は障子を開けて廊下に出た。おつねが顔を強張《こわば》らせていた。

「何があったのですか」

「旦那さまが、旦那さまが」

おつねが泣き声になっている。

「おとっつあんがどうかしたのですか」

「人殺しと火付けの疑いで、旦那さまは大番屋に送られたそうでございます」

お弓は心の臓が破裂しそうになった。

「嘘。おとっつあんがそんなことをするはずはない。何かの間違いだわ」

血の気が引いた顔で、お弓は叫んだ。

四

明け番で朝方に帰宅した剣一郎は、夕方になって着流しのまま八丁堀の組屋敷を出た。

きょうの早暁に、花川戸の安五郎の手下が花川戸の窯場《かまば》の近くの川縁を彷徨《さまよ》っている友右衛門を見つけたという知らせを届けたのだった。

佐久間《さくま》町の大番屋にいると聞いて、剣一郎は不安にかられた。友右衛門の着物は血で汚れていたという。

だが、友右衛門がいくらかっとなったとは言え、ひとを殺せるような人間でないことはよく知っている。

剣一郎が大番屋に入って行くと、土間に友右衛門がぐったりとしていた。ひと目見て、拷問が加えられたことが明白だった。

剣一郎は友右衛門に駆け寄り、

「友右衛門。しっかりしろ」

顔を向けたが、唇が赤く腫《は》れていた。殴られたのだろう。

そのまま友右衛門は気を失った。

友右衛門は仮牢内に運び込まれた。

「青柳さま。下男の嘉平、友右衛門を今戸まで運んだ駕籠屋、それに秀次郎の知り合いの者たちの証言から友右衛門の疑いは動かしがたいものになりました。動機もあり、返り血を浴びております。ところが、友右衛門は証拠を突きつけられても厚顔にも犯行を認めようとしなかったので、少し手荒な真似《まね》をいたしました。なかなかしぶとく、まだ白状はしませんが……」

「しかし、不義密通の相手を手にかけたとしても、お咎《とが》めはないはずでは」

「はい。されど、友右衛門は寮番の喜助をも殺害しております。さらに、火を放った罪は軽くはないと思われます」

「喜助はどうしてあの現場にいたのだ？」

「喜助の女房の話では、お孝に命じられて、その夜は息子夫婦のところに泊めてもらうことになったそうです。ところが、喜助は忘れ物に気づいてとりにもどったそうです。そこで、友右衛門の凶行を目撃し、そのために殺されたものと思われます」

剣一郎は顎《あご》に手をやった。

「では、これから入牢証文をとりに行ってきます」

内野佐之助は奉行所に出かけて行った。

しばらくして、友右衛門が意識を取り戻した。

剣一郎は仮牢内に入り、

「友右衛門。何があったのだ、教えてくれ」

再び薄れ行きそうになる意識を持ちこたえて、友右衛門が口を開いた。

「寮に行ったら、部屋の中でお孝と若い男が倒れておりました。驚いてお孝を抱き起こそうとしたとき、何者かにいきなり頭を殴られたのです。気がついたとき、川っぷちに倒れていたのでございます」

苦しそうな息の下で、友右衛門が答えた。

「なに、それは本当か?」

剣一郎には友右衛門が嘘をついているようには見えなかった。

友右衛門の言い分が正しいとすれば……。

「何者かが、おぬしを謀《はか》ったのかもしれぬ。それに心当たりはないか」

「ありません」

「何でもよい。思い出せないか」

「わかりません。ただ、不思議なのは……」

「何だ?」

「下男の嘉平のことでございます。私といっしょに寮まで行ったのです。いつの間にか、いなくなってしまいました」

「嘉平は何と言っているのだ?」

「さっきの同心の質問に、私から帰るように言われ、引き上げたと答えていました。私はそんなことを言っていません」

友右衛門は唇を震わせた。

「青柳さま。お店のこととお弓のことが心配でなりません。どうか、お弓をよろしくお願いいたします」

「よし、請《う》け負った。心配するな」

「ありがとうございます」

「よいか。入牢することになる。この髷に蔓《つる》を入れておく。牢に入ったら、牢名主に差し出すのだ。よいな」

牢内には牢名主がいて平の囚人の上に君臨していた。新入りはいじめられる。そういうときにこそ、この蔓がものを言うのだ。よくないことだと思っても、それで牢内の秩序が保たれていることも事実だった。

剣一郎が仮牢から出たとき、戸が開いて、土間にお弓が入って来た。

「青柳さま」

お弓が泣きそうな顔をした。

「お弓か。友右衛門は牢送りになる」

立ちくらみしたようにお弓の体が揺れた。

「それは着替えか」

お弓は風呂敷包を抱えていた。

「着替えさせたいのですが、よろしいでしょうか」

「構わぬ」

剣一郎は見張りの者に文句を言わさないように強い口調で答えた。

お弓は仮牢の前に行った。

「おとっつあん」

お弓が悲鳴のような声を上げたのは、拷問を受けた友右衛門の痛々しい姿に衝撃を受けたからだろう。

「お弓。私を信じてくれ。おとっつあんは殺《や》っちゃいないんだ」

「わかっているわ。私はおとっつあんを信じている」

「ありがとう。私は何もしていない。だから、お孝の弔《とむら》いをちゃんと出してやってくれ。私を裏切っていたが、それでも私の女房になった女だ」

友右衛門は悲痛な声で言う。

「わかったわ。心配しないで」

剣一郎は大番屋の外に出た。

入牢証文を持って内野佐之助が戻って来たのは夜の四つ（十時）をまわっていた。

この入牢証文をつけて友右衛門を小伝馬町の牢屋敷に送るのだが、出立は明朝ということになり、友右衛門はもう一晩ここで過ごすことになった。

五

肌を焼くような強い陽射しだが、永代橋《えいたいばし》に差しかかると、川風が涼しかった。

お孝の亡骸《なきがら》は大八車に乗せられ、深川《ふかがわ》万年町にある菩提《ぼだい》寺に運ばれたのだ。

葬式は友右衛門抜きで行われた。親戚《しんせき》の者の態度もよそよそしく、お弓には辛《つら》い葬式だった。

それでも、お孝の弔いを立派に出すことは、父の無実の証《あかし》であると思い、お弓は『田丸屋』の娘として恥ずかしくない弔いを出そうと努めたのだ。

葬式に下男の嘉平が来ていたので、お弓は当夜のことを訊《たず》ねた。すると、いつもは下手に出ていた嘉平がいくぶん尊大な態度で答えた。

「あっしは、今戸の寮の前で、旦那から帰るように言われたんですよ。それで引き返す途中に、喜助爺さんと会った。爺さんは忘れ物を取りに行くんだと言って、寮に行ったんですぜ。お取調べで言ったとおりですよ」

「嘉平。ほんとうのことを言って」

「お嬢さん、あっしはほんとうのことを話しているんですぜ。それとも、あっしが嘘をついていると言うんですかえ」

「嘉平。おまえは何って口のききかたをするんだ」

番頭の吉助が強い口調で言った。

嘉平は鼻先で笑い、

「もうあの寮はなくなった。あっしはもうやめた人間ですからね。主人ぶって、嘉平などと呼び捨てはやめにしていただけませんかえ」

お弓の背筋に冷たいものが走った。

「あなたには人間の情というものがないのですか。おとっつあんに世話になっておきながら」

ふんと口許を歪《ゆが》め、

「じゃあ、これで失礼しますぜ」

と、嘉平は悠然と引き上げて行った。

葬式の翌日、友右衛門の兄で須田町《すだ》で古着屋を営んでいる伯父《おじ》の利兵衛《りへえ》がやって来た。

「伯父さん。きのうはありがとうございました」

「お弓もよくやった。たいへんだったろう」

利兵衛は扇子で煽《あお》ぎながら、

「まったく暑いな。きょうは風がないからな」

「伯父さん。きょうは何か」

「お弓。お店の今後のことについてだ。皆と相談したのだが」

扇子を閉じて、利兵衛が言った。

「相談と申しますと？」

「友右衛門があんなことになっちまっては商売も立ち行くまい。おめえに婿《むこ》をとってお店を続けるというのが一番いい方法かもしれねえ」

「伯父さん。おとっつあんは帰ってきます」

「お弓、落ち着いて考えるんだ。不義密通のお孝と秀次郎を成敗したのはいい。だが、寮番の喜助まで殺し、家に火を点けたとなると……」

「違います。おとっつあんはそんなことしていません。きっと、疑いが晴れて、帰って来ます」

「そう思いたいおめえの気持ちはよくわかる。だがな、そいつはちょっと難しそうだ」

利兵衛は深刻そうな顔をした。

「どういうことですか」

「安五郎親分の話を聞いた限りではどうあがいても無駄だ。仮に、お弓の言うように疑いが晴れたとしよう。だが、今さら友右衛門が失った世間の信用は取り戻せないよ。自分の女房に裏切られていたというだけでも、世間の笑い者だ。酷なようだが、友右衛門はもうだめだ」

「そんな」

実の兄なのに、なんとひどい言い方だろうと、お弓は悲しくなった。

「それより友右衛門のためにも、この店を残すことが大事だ。そのためには……」

「待ってください。仮に、おとっつあんが出来なくても、兄さんがいます。この店は兄さんが継ぎます」

「ばかな」

利兵衛が笑った。

「友太郎はやくざ者だ。江戸所払いになった男じゃないか」

「違います。おとっつあんだって、兄さんにこの店を継がせるつもりなんです。おとっつあんや兄さんが帰って来るまで、お店は私が守ります」

「そんなこと無理だ」

「帰ってください。伯父さん、帰って」

お弓が叫んだ。

利兵衛は鼻白んで立ち上がった。

お弓は仏間に駆け込んだ。

「おっかさん。どうぞ、あたしたちを守って。ねっ、おっかさん」

お弓は手を合わせた。


その翌朝、お弓は小伝馬町に向かった。そして、牢屋敷の前で待った。取調べを受けるために、囚人が牢屋敷から奉行所へ送られるのだ。きょうは、父が取調べを受けると聞いて、ここにやって来たのだ。

後ろ手に縛《しば》られて囚人たちが出て来た。若い者もいれば、年寄りもいた。無精髭を生やしたむさい感じは誰も同じだった。

お弓ははっと胸を衝《つ》かれた。一行の真ん中辺りに、父を見つけたのだ。足をもつれさせた。どこか悪いのではないかと思え、お弓は胸が痛んだ。父がよろける足取りで俯いたまま、奉行所に向かった。その姿を、お弓は身内を震わせながら見送った。

一行が去ってから、お弓は重たい足で引き上げた。

往来には金魚売りや風鈴売りが歩いている。そういうのどかな風景はお弓の目に入らなかった。

店に戻ってしばらくしてから、同業の木綿問屋『大坂屋《おおさかや》』の主人惣五郎《そうごろう》がやって来た。『大坂屋』は大伝馬町に店がある。

客間に通し、お弓は挨拶《あいさつ》に出た。惣五郎は三十半ばのあぶらぎった顔をした男である。同業者の中でももっとも遣り手という噂《うわさ》だった。

「その節はありがとうございました」

お弓がお弔いに来てもらった礼を述べた。

「いや」

短くいい、大坂屋は湯飲みをつかんだ。

「それにしてもお弓さんもとんだことだったね」

「はい。どうして、こんなことになったのか、信じられません」

「そうだろうね」

何か言いたそうに思えたが、なかなか切り出そうとしなかった。

湯飲みが空になった。

「お代わりを」

お弓が腰を浮かせかけたのに手をあげて制して、

「じつは大事な話がありましてね」

お弓は座り直した。

「ちょっと困ったことになりました」

「なんでしょうか」

「最近、二軒ほど、こちらのお得意先から私どものほうに晒《さらし》木綿の注文をいただきましてね」

「えっ？」

「『田丸屋』さんと取引のあるところですから、私も困惑しましてね。それでわけを問うと、やはり今度の事件で『田丸屋』さんに対して不信感をお持ちのようなのです」

「そんな」

「いいにくいことをはっきり言わせていただきますが、それも無理ありません。このままだと、これからどんどん『田丸屋』さんからお客が離れて行くのが目に見えています」

「父は無実です。きっと、お疑いが晴れて帰って来ます」

もう何度、同じ言葉を繰り返しただろう。お弓はこの言葉をまたも言わなければならないことにやりきれなさを覚えた。

「いや。私に言われても困ります。いずれにしろ、『田丸屋』さんのお客は離れて行き、他の問屋と取引をするようになるでしょう。そうしたとき、私が『田丸屋』さんのお客をとったなどとあらぬ疑いをかけられても困りますので、そのことを了承していただきたいと思いましてね」

お弓は小さな拳《こぶし》を握りしめた。

「友右衛門さんがあんなことになってしまっては、これからこのお店をやって行くのはたいへんだ」

「違います。父は何も悪いことはやっておりません。父が戻るまで、私がお店をやっていきます」

「お弓さん。いくら優秀な番頭さんがいらっしゃっても、それは無理ですよ。世間の信用を失ったら、商売はおしまいです」

大坂屋は立ち上がった。

「父は必ずお疑いが晴れて戻って来ます」

「お弓さん。おまえさんは事の重大さをわかっていないようだね。内儀さんは役者と逢い引きを続けていた末に殺された。これだけでも、商家にとってはたいへんな汚点であるのに、その下手人の疑いが田丸屋さんにかかっている。世間はもはや『田丸屋』は潰《つぶ》れると見ています。そうなったら誰も相手にしませんよ」

冷たく言ったあと、急に相好を崩して、

「だが、私も田丸屋さんとは長いおつきあいだ。いずれ使いを差し向けますから、今後の相談に乗りましょう」

そう言い残して、大坂屋は引き上げて行った。

お弓は愕然《がくぜん》として畳に手をついた。

「お嬢さま」

しばらくして、番頭の吉助がやって来た。

「今、大坂屋の旦那から聞きました。お得意先が鞍替えをしているそうです。これからもっと客が離れて行くと」

番頭は深刻そうな顔で言った。大坂屋は番頭にまで話したようだ。

お弔いにやって来てくれた得意先の主人や同業者たちは悔《く》やみの言葉を言い、お弓に同情してくれた。

だが、お弔いが終わったあと、周囲の態度は一変したのだ。

「私、お得意先をまわって来ます」

お弔いに来てもらった礼と、今後のことを頼むつもりで、お弓は番頭を伴って出かけた。お力になりますと言うだけで、取引を続けるという確約はとれなかった。上辺だけの言葉が虚しくお弓の耳に響いた。

だが、どうやら、もう『田丸屋』はおしまいですと言いふらしているのは、大坂屋らしいとわかった。

数日後、お弓は吟味方与力の取り調べる詮議所に呼ばれた。父の二度目の取調べだった。

前回の取調べでは、今戸の寮の下男嘉平が呼びつけられて証言したらしい。嘉平の証言は重要な重みを持っていたと、お弓は岡っ引きの安五郎から聞いていた。

縄尻をとられた父が筵《むしろ》の上に座っていた。十歳も歳をとってしまったかのように、父はすっかりやつれていた。

お弓は父に駆け寄ろうとして、同心にとめられた。

「おとなしく控えるように」

お弓は畏《かしこ》まった。

吟味方与力は浦瀬和三朗《うらせわさぶろう》という男だった。四十半ばを過ぎているようだ。鬼与力と称されているらしい。ひとの心を見通すがごとくに細い目は鋭い刃のように光り、鉤《かぎ》鼻《ばな》の下に薄い唇を持っている。

「田丸屋友右衛門の息女お弓であるな」

浦瀬和三朗はよく通る声できいた。

「はい。さようでございます」

お弓は緊張して答えた。

「これから事件当日、五月一日のことについて訊《たず》ねるが、きかれたことに正直に包み隠さず話すように。よいな」

浦瀬和三朗は威厳に満ちた態度で言う。

「かしこまりました。決して、偽りは申しません」

「よし」

満足げに頷き、浦瀬和三朗は問いかけた。

「当日、継母のお孝は朝から出かけたそうだが、お孝は何と言って出かけたのか」

「はい。芝居見物に行くと言って継母は出かけました」

「お孝はよく芝居見物に行ったのか」

「行きました」

「だいたいどのくらいの間隔で行っていたのか」

「三日か四日に一度でございました。最近は二、三日に一度ぐらい」

「帰って来るのは何時頃だったか」

「はい。町木戸が閉まる頃、四つ（十時）頃には帰って来ました」

「泊まることはあったのか」

「いえ、それはありません」

「お孝は誰を贔屓にしていたのか」

「女形《おやま》の秀次郎という役者です」

「その日、出かけたのも秀次郎と会うためだと思ったのか」

「はい」

「秀次郎とはどの程度の仲だと思っていたか」

「それは……」

「正直に申せ」

「深い仲だと思っておりました」

「それはどうして、そう思うのだ？」

「帰って来たときはいつも顔が上気しているからです。それほどお酒を呑んだように見えないのに顔が火照《ほて》っているように思えました。それに、髪が少し乱れておりましたから」

お弓は恥じらいながら答えた。

「友右衛門が夕方に外出したが、どうして外出したのか」

「はい。夕方に、今戸の寮で下男をしている嘉平がやって来て、父に何事かを告げました。父が外出の支度をしている間に嘉平に訊ねたところ、今戸の寮に継母が秀次郎という役者とふたりで来ていると話してくれたのです」

「その日、寮番の喜助夫婦にお孝がきょうは伜《せがれ》のところに泊まって来るようにと言い、寮から追い払ったそうだが、そのようなことが以前にもあったかどうか知っているか」

「いいえ、私は知りません」

「そなたは、友右衛門が出かけたあと、激しく動揺していたそうだが、何を心配していたのか」

「継母の裏切りの現場を見たら、父は継母を離縁するかもしれないと思ったのです。そのことが心配だったのです」

「もし、継母が離縁を聞き入れなかったら、友右衛門がどう出るか。そのことが心配だったのではないのか」

「いえ。そこまでは考えませんでした」

「いや。そなたはひょっとしたら継母を殺して自分も死ぬかもしれない。そう思ったので、取り乱したのではないのか」

「お待ちください。私はそんな心配などしていません。父は根がやさしいひとです。継母が泣いて詫びればすぐに許してしまう。そう思ったのです」

「お弓。ありていに言うのだ。そなたは、たまたま見廻りのために立ち寄った当奉行所与力、青柳剣一郎に様子を見に行ってくれるように頼んでいる。それに間違いはないか」

「はい、間違いはありません。でも、それはそんな心配のためではありません。ただ、継母が開き直って、秀次郎という役者とふたりで父に歯向かうかもしれない。そのことが心配だったのです」

「継母と秀次郎が歯向かったら、友右衛門はどう出ると思ったのか」

「わかりません。さっきも申しましたように父はやさしいひとですから。父は無実でございます。父にひとを殺すことなど出来ません。あの下男の嘉平は嘘をついています。どうか、嘉平をもっとお調べください」

「黙れ。不利な証言をしたからといって、かりそめにも奉公人ではないか。その奉公人を嘘つき呼ばわりするのか」

「違います」

「もうよい」

与力は激しく言い、

「もう一つ、訊ねる。お孝が店の金を使い込んでいたことを知っているか」

「えっ。まさか」

お弓は父のほうに顔を向けた。父はうなだれていた。

「金額は五百両にもなるそうだ。これほどの裏切りにあっても、友右衛門はお孝を許すと思うか」

「でも、父が殺したりするはずがありません」

お弓は必死に叫んだ。

「もうよい。下がってよいぞ」

お弓の叫びは与力に届かない。同心に肩をつかまれ、お弓は詮議所から追い出された。

何か言いたそうな父の顔が瞼《まぶた》に残った。

奉行所から重たい足取りで『田丸屋』に戻ると、お弓は番頭の吉助を呼んだ。

「お嬢さま。何か」

吉助が青ざめた顔でやって来た。

「継母が店の金を使い込んでいたというのはほんとうなの？」

「はい。ほんとうです。わかっているだけでも五百両ほど」

「おとっつあんは知っていたの？」

「はい。薄々感づいていらっしゃいました。一度、内儀さんに注意をしたことがあります。その後、使い込みがなくなったのですが……」

吉助は唇をわななかせた。

「どうしました？」

「じつはお嬢さまがお出かけになったあと、両替商の『和倉屋《わくらや》』の番頭さんがお見えになりました」

「両替商？」

「失礼かと思いましたが、内儀さんの部屋をおつねさんに探してもらったところ、こんなものが」

吉助は紙切れを見せた。

「これは」

お弓は顔色を変えた。

借用書だった。お孝が両替商の『和倉屋』から五百両を借りているのだ。

「継母はなんのためにこんなお金を」

お弓は虚《うつ》ろな目で言う。

「秀次郎につぎ込んだのではないでしょうか。お嬢さまの前ですが、内儀さんはお店の金を少なくとも一千両は使い込んでいることになります」

「この金のことはおとっつぁんも知らないのね」

「知らないはずです。お嬢さま」

吉助が切羽詰まった声を出した。

「お得意先もどんどん離れて行っています。もうおしまいです」

吉助の声が遠くに聞こえた。

「もう、おしまいです」

もう一度嘆《なげ》いて、番頭は引き上げて行った。

お弓は部屋の真ん中で茫然としていた。

六

事件から十四日が経った。剣一郎は『田丸屋』に行った。

が、店の戸が閉まっていた。

住まいのほうにまわり、剣一郎はお弓に会った。

「お店は？」

「はい。もう、やっていけなくなりました」

お弓は絶望的な声を出した。

「お得意先がどんどん離れ、その上、継母が借財を抱えていることがわかったのでございます」

「借財？」

「はい。五百両です。店の金も使い込んでいたようなのです。継母がそこまでしていたとは想像もしておりませんでした」

「そんな大金をどうしたのであろうか」

「皆、秀次郎に貢いだのだと思います。憎い。はじめて、継母が憎くなりました」

お弓は眦《まなじり》をつり上げた。

秀次郎は役者だ。付き合いも派手であり、金がかかるのであろう。だが、それだけの大金を何に使ったのか。

「青柳さま。父はどうなるのでございましょうか。先日、詮議所で父を見ました。すっかりやつれて、いっぺんに歳をとったようにございます」

「何をきかれた？」

「はい。あの日、父が出かけたあと、青柳さまに今戸の寮に行ってもらったのは父が何かとんでもないことをするという恐れがあったからだろうと」

「なに。そのようなことを」

剣一郎は歯嚙《が》みをした。

「あれはあくまでも私が勝手にしたこと」

だが、そう言うと、では、青柳どのは何を恐れたのかと逆に問われそうであった。

友右衛門が下手人だという目で見れば、すべてがそのように見えてくるのだ。

翌日、出仕してから、剣一郎は同心詰所に内野佐之助を訪ねた。

あわてて、内野佐之助は外に出て来た。

「これは青柳さま」

「田丸屋友右衛門のことだが」

一瞬、佐之助は顔をしかめた。が、すぐに表情を戻し、

「それが何か」

と、とぼけてきき返した。

「内儀のお孝は店の金をくすねており、さらに両替屋から五百両の金を借りていたらしい。秀次郎に使ったものと思われるが、そのことを調べたのか」

「はっ？」

「金の使い道だ」

剣一郎は鋭く言った。

「お言葉ではございますが、秀次郎がどのように使ったにせよ、友右衛門のやったことには変わりないのではないでしょうか」

「秀次郎の金の使い道を調べる必要はないと言うのか」

「いえ。そうではありませぬ。さっそく調べましょう」

佐之助はあまり気乗りしないように答えた。

「それから、嘉平のほうはどうだ?」

「嘉平に何か」

「友右衛門と言い分が違っているではないか。嘉平が嘘をついていないか、それを調べるべきではないのか」

「嘉平は嘘をついているとは思えません」

「どうして、そう思うのだ?」

「嘉平の言い分に不審な点がないからです」

「では、友右衛門の言うことが正しいという目で事件を見たことがあるか」

「女房が役者と情を通じた上に、店の金まで持ち出していたのです。友右衛門は逆上して寮に飛び込んで行ったのです。そんな友右衛門は事件のことを覚えていないのではないでしょうか」

「百歩譲って、友右衛門が逆上してふたりを殺したとしよう。だが、それは不義密通の相手を憎くて殺したのであろう。だが、それなら、なぜ寮番の喜助まで手にかけたのだ」

「目撃されて大騒ぎされたからではないでしょうか」

「よいか。友右衛門は不義密通のふたりに制裁を加えたのだ。それを見られたからといって、口を封じる必要はないと思うが」

「ですから、友右衛門は逆上して何がなんだかわからないまま喜助を殺したんだと思います。火を放ったも、それゆえです。それに、犯行後、大川端を彷徨していたことをとっても、友右衛門はそうとう取り乱していたことがわかります」

「そのことも妙ではないか」

「そうでしょうか」

「吟味方からは追加の調べの注文はないのか」

「ありません」

佐之助は胸を張った。

「わかった」

「失礼いたします」

内野佐之助は同心詰所に戻った。

納得いかず、剣一郎は吟味方与力の浦瀬和三朗に面会を求めた。

取調べが終わるまで待ち、戻って来た浦瀬和三朗と対した。

浦瀬和三朗は痩《や》せた男で、刃物のような目をしている。近い将来、年番方に昇格するだろうと言われている。若い頃から吟味方に登用され、数々の事件を捌《さば》いてきた実績があり、鬼のようにきびしい詮議と水も漏らさぬような緻密な吟味は定評があった。

「浦瀬さま。田丸屋友右衛門のことでございますが」

剣一郎は膝《ひざ》をすすめてきいた。

「うむ?」

じろりと浦瀬は見返した。

なんのためにそんなことをきくのだと目顔で問い返した。その目に凄味《すごみ》があった。

剣一郎は強引にきいた。

「友右衛門の容疑はいかがでありましょうか」

「まだ吟味中である。そなたにも明かすわけには参らぬ」

「ごもっともでございます。なれど、もし友右衛門が無実であれば、他に真の下手人がいることになります。もし、無実の可能性があるのであれば、真の下手人の探索に早くとりかからねば……」

「青柳どの」

浦瀬が膝を剣一郎に向けた。

「そこまで言うのならお教えいたそう。田丸屋友右衛門の罪状は明らかである。ただ、なかなかしぶとく自白をいたさぬ。次回、少し思い切った手段を講じようと思っていたところでござる」

思い切った手段とは拷問だ。

「友右衛門は何者かの罠にはまった可能性もあり得ます。そのほうの検討はいかがでありましょうや」

剣一郎が迫ると、浦瀬の顔色が変わった。

「青柳どの。そなたはいつから吟味方になられたのだな」

「いえ、そうではありませぬ」

「その青痣《あおあざ》」

浦瀬は扇子で頰の痣を指し、

「青痣与力としてお奉行の特別な計らいにて勝手気ままな動きを任せられたこともあろうが、今まで吟味にまで口出ししなかったはず。それが、どうして」

「友右衛門はあのような恐ろしいことをしでかす人間とは、とても思えないからです。友右衛門は何者かに頭を殴られて意識を失ったと申しております。それに、下男の嘉平は嘘をついていると。そう考えると、友右衛門を殴った男と嘉平はつるんでいたことになります」

「あのような恐ろしいことをしでかす人間ではないから犯人ではないとは、おかしな考えではござらぬか」

浦瀬は口許に冷笑を浮かべ、

「青柳どの。友右衛門は返り血を浴びた着物のまま、ふらふらと歩いていたのだ。確かに、友右衛門は何者かに殴られたと言っている。では、誰が、なんのためにそのようなことをするのだ？　友右衛門に罪をなすりつけて誰が一番得をするのだ？」

浦瀬は間を置いてから、

「そのような者は見当たらない。それより、友右衛門の頭部に特に殴られたような痕跡は見出せなかったのだ。瘤《こぶ》らしきものは認められたが、それが殴られた跡だという証にはならない。犯行後、友右衛門は放心状態でふらふらと歩いており、その間に躓《つまず》いて転んだりしている。それが証拠に手足に打ち身や浅い傷があった。頭部の瘤らしきものも転んだ拍子に頭を打ったものと考えられる」

さらに、浦瀬は続けた。

「もっとおかしいことがある。事件当夜、寮番夫婦を寮から遠ざけたのはお孝だ。嘉平もお孝に言われて寮を出た。そのことに不審を持った嘉平が友右衛門に訴えたために、今回の事件へと発展したのだ。もし、これが何者かが友右衛門を罠にかけるためだとしたら、殺される人間がなぜ、そのような真似をしたのか説明がつかない。やはり、秀次郎との逢瀬を楽しむために、お孝は寮番夫婦や下男の嘉平を寮から追い出したのであり、そこに友右衛門がやって来てあの惨劇となったと考えるのが自然であろう。いかがかな」

剣一郎は返答に詰まった。

そのとき、横合いから、

「青柳剣一郎」

と、声をかける者がいた。

橋尾左門《はしおさもん》だった。

「浦瀬さま。この無礼者を向こうに連れて参ります」

橋尾左門は近寄って来て、剣一郎の腕をつかんだ。

「さあ、向こうに行くのだ」

剣一郎は渋々立ち上がった。

吟味方の部屋を出てから、

「剣一郎。越権行為だ。今夜、おぬしの屋敷に行くからここは引き下がれ」

そう小声で言い、橋尾左門は部屋に戻った。

剣一郎は暗澹《あんたん》たる思いで、その日を過ごした。


その夜、夕餉《ゆうげ》のあとで、橋尾左門がやって来た。

「多恵《たえ》どの。お気遣いなく。酒は持参したので、茶碗だけお借りしたい」

橋尾左門はずかずかと部屋に入って来て言う。

左門は徳利を持っていた。役所では毅然とした態度を崩さないが、家に戻るとまったくだけた雰囲気になる。

剣一郎の妻、多恵が茶碗を二つ持って来た。

「よし、やろう」

持参した徳利を掲げ、左門は豪気に言う。

俺の気を引き立てようと、わざと陽気に振る舞っているのか、と剣一郎は思った。

「多恵どのもいかがかな」

「いえ。どうぞ、おふたりでお召し上がりください」

多恵は微笑《ほほえ》み、引き下がって行った。

「いつまでもお若いな。うちのとどうしてこうも違うのか」

左門は嘆息をついて多恵を見送ってから、剣一郎の茶碗に酒を注いだ。

「なぜ、おぬしが受け持たなかったのだ」

剣一郎が口惜《くや》しそうに言うと、左門の顔も曇った。

「俺が吟味したとて同じことだ」

「そんなことはない。少なくとも、おぬしだったら、別の可能性を考えたに違いない」

「剣一郎。おぬしはほんとうに友右衛門が無実だと思っているのか」

返答に窮《きゅう》した。

状況からすれば、友右衛門の疑いは濃厚だ。

だが、友右衛門が密通のふたり以外にも寮番を殺し、火を放ったなどとはとうてい考えられないのだ。

「おまえだって、疑わしいと思っているんだろう」

左門は続けた。

「俺は浦瀬さまから取調べのやり方を教わった。浦瀬さまは事実を積み重ねていって真実を見つけ出すのだ。浦瀬さまに間違いはないはずだ」

「確かに、俺だって鬼与力と言われる浦瀬さまの吟味には敬服している。だが、浦瀬さまとて人間だ。間違いがないとは言えない」

「友右衛門の吟味を、俺も後学のために覗いたことがある。浦瀬さまのやり方に、いささかの手落ちもなかった」

「ほんとうにそう思うのか」

剣一郎は疑わしげにきいた。

「うむ」

左門は訝《いぶか》しげな表情をした。

「いいか、左門。下男の嘉平の証言を信用しているようだが、なぜてんから信じてしまうのだ。友右衛門と嘉平の言い分が食い違っているのだ。どうして嘉平の言い分を信用するのだ」

「それは友右衛門の言い方にはあやふやな点が多いのに比べ、嘉平のほうはしっかりとしているからだろう」

「それだけではない。お孝は店の金を勝手に引き出した上に、両替商から五百両を借りていたそうだ」

「五百両？」

「そうだ。すべて合わせたら一千両を秀次郎のために使っていることになる。秀次郎がそれだけの金を何に使ったのか、そこまで調べを進める必要があるのではないか」

「なるほど。そうか、剣一郎は友右衛門が無実だという確信があるわけではなく、そのように調べがおざなりになっていることが気に入らないのだな」

「そうなのだ。なぜ、あの日に限ってお孝と秀次郎は今戸の寮で逢い引きをしたのか。そのわけも調べようとはしていない」

「剣一郎。神でもない我らが、事件の細かい部分まで明らかにするなど不可能だ。それに、そのことについて言えば、ふたりとも死んでしまっている。今さら、明らかにするのは無理だ」

納得いかないが、剣一郎は反論も出来なかった。

「友右衛門の言うことが正しいと判断する根拠はなんだ？　友右衛門はそんなことをする人間ではない。それだけではないか」

「うむ」

「およそ、罪を犯した者のことを、周囲はそのような大それたことをする人間とは思えなかったと言うものだ。しかし友右衛門の場合、明らかに動機があるのだ。妻女が不義密通を働いていたのだ。根が真面目な人間ほど逆上してとんでもないことをする。これも人間の性《さが》だ」

そう言ったあとで、左門は、

「剣一郎。じつは浦瀬さまは長谷川《はせがわ》さまに気にいられているのだ」

公用人の長谷川四郎兵衛《しろべえ》のことだ。

今の奉行といっしょに内与力として奉行所にやって来た長谷川四郎兵衛は何かと剣一郎を目の仇《かたき》にしている。

「浦瀬さまにいろんなことを言って、長谷川さまにまた目をつけられでもしたらおまえもやりにくいだろう」

「そんなことは関係ない」

「おぬしも、まだまだ青いな」

「なに」

「よく考えてみろ。浦瀬さまはゆくゆくは吟味方から同心支配、やがては年番方になられる御方だ。その浦瀬さまに逆らってみろ。のちのち、出世に響く」

「ばかやろう。俺が出世にしがみつく人間だと思っているのか。おぬしと違う」

「なんだと。俺が出世にしがみついているというのか」

「違うのか。じゃあ、自分の役目に忠実になれ」

「剣一郎、許さんぞ」

「おう結構だ」

「俺は貴様のためを思って忠告しているのだ。いいか。浦瀬さまが同心支配になれば、吟味方の席が空く。そしたら、おまえが吟味方になれるかもしれないのだ。浦瀬さまに憎まれたら、損なのだ。だから言っているのだ。それを……」

左門は飛び出すほどに目を剝《む》いた。あとは悔しくて声にならないという感じだった。

「帰る。不愉快だ」

徳利をつかみ、左門は立ち上がった。

「まあ、大きな声を出されて。いったいどうなさったのですか」

多恵が飛んで来た。

「多恵どの。こんなわからずやとは今宵《こよい》限り絶交した。もう二度と、多恵どのともお会いすることもなかろうと思う。失礼する」

多恵が呆《あき》れ返ったように、左門のあとを追った。

剣一郎は左門の言葉が重くのしかかってくるのを感じていた。

七

お弓は東堀留川沿いにある料理茶屋に入り、出て来た女中に『大坂屋』の主人惣五郎の名を告げた。

承知していた仲居がお弓を離れの座敷に案内した。

「お連れさまが参りました」

仲居が障子を開けた。

「おう。待っていた。さあ、こちらに」

戸惑いぎみに、お弓は惣五郎から少し離れた場所に腰を下ろした。

大坂屋の前の膳部には銚子が二本置いてあった。

「お酒を頼むよ」

仲居に声をかけてから、

「お弓さん。よく来てくれた」

と、大坂屋は顔を向けた。

「大坂屋さん。何かいい手立てがあるとのこと。よろしくお願いいたします」

お弓は畳に手をついた。

『田丸屋』存続の方策を考えたので、相談したいと大坂屋からの招きであった。

「まあ、いきなりそんな硬い話は無粋《ぶすい》だ。今、お酒がくる」

「私はお酒を呑みに来たのではありません。こうして、大坂屋さんにおすがりに上がったのです」

大坂屋は、お弓をなめまわすように見て、

「お弓さん。前にも言ったと思うが、友右衛門さんがあのようになってしまっては尋常のことではとうてい無理だ。それはお弓さんもわかっていると思う」

と、冷たく言った。

わざわざ呼ばれたことで、大坂屋の好意を期待したのだが、見込みが違って、お弓は肩を落とした。

「お弓さん。おまえさんの苦しい胸の内、重々お察しする。ところで、このままではお店は潰れるのを待つだけだ。そこで、どうだろうか」

大坂屋が目を細めて見た。

「あの店を、私どもが肩入れをしてあげてもいいと思っております」

「肩入れ?」

「あの店を『大坂屋』の暖簾《のれん》にしたらどうかな」

「『大坂屋』？　どういうことでございますか」

大坂屋の口辺に卑《いや》しげな笑みが浮かんだ。その瞬間、汚水を浴びたような不快感に襲われ、覚えずお弓は身を引いた。

「どうだね。私の嫁にならんか」

お弓はあっけにとられた。

「幸い、私は女房を三年前に亡くしてから独り者を通している」

しかし、妾《めかけ》が何人もいることを知っている。そのことがなくても、大坂屋の蛇のような目は虫酸《むしず》が走る。

「私といっしょになれば、『田丸屋』はそのままおまえさんに任せよう。さすれば、友右衛門さんも安心されよう」

「お断りいたします」

お弓はきっぱりと言い切った。

「私は自分の力でお店を守っていきます」

「そんなことが出来ると思っているのかね」

大坂屋の顔つきが変わった。

「よいか。自分の女房が役者買いをしているのを諫《いさ》められず、あげくの果てに殺してしまった男の店に誰が手を差し伸べるものか。それより、私の言うことを聞いて」

大坂屋が手を伸ばしてきた。

その手を振り払い、

「やめてください。大声を出しますよ」

と、お弓は立ち上がった。

「大坂屋さんともあろう御方がこんな真似をなさって恥ではございませんのか」

「あとで、悔やむことになってもいいのか」

大坂屋は顔を紅潮させた。

「そのような真似をするぐらいならお店を潰します」

大坂屋はふと笑顔になり、

「まあ、お弓さん。今、すぐに返事をもらおうと思っているわけじゃない。少し考えてみちゃくれないか」

と、今度は柔らかな声を出した。

「もし『田丸屋』が潰れたら、大勢の奉公人が路頭に迷うんだ。おまえさんの決心一つで、それが解決出来るのだ」

「失礼します」

お弓は逃げるように座敷を飛び出した。銚子を運んで来た仲居とすれ違った。

料理茶屋を出て、お弓は彷徨うように町中を歩いた。だが、足は無意識のうちに小伝馬町に向かっていた。

目の前に牢獄の塀が見えてきた。

あの中に、父がいる。ここからたいした距離ではないのに、会うことも口をきくことも叶《かな》わないのだ。

(おとっつあん。どうしたらいいの)

お弓は悲しみにうち沈んだ。

絶望がすぐ背後に迫っていた。絶望がお弓の襟首をつかみ、地の底に引きずり込もうとしている。

(兄さん。友太郎兄さん。帰って来て)

お弓は心の内で叫んだ。

お弓が塀の外にいる頃、友右衛門は大牢の中で脱《ぬ》け殻《がら》のように虚脱した状態になっていた。

牢内には真っ暗な闇が訪れようとしていた。

なぜ、こんなことになってしまったのだと、今さら悔《く》いても詮《せん》ないことを何度も繰り返し思い出しては胸をかきむしっていた。

すべてはあの女、お孝と出会ったのが不幸の始まりだったのだ。

お孝と出会ったのは二年前の秋、妻女の七回忌を終えた直後だった。気晴らしにと、妻が好きだった芝居を観に行ったとき、桟敷から平土間にいる美しい女に目が吸いよせられた。まるで、友右衛門の視線に気づいたように女が顔を向けたのだ。目と目が合ったとき、女がにこりと笑みを浮かべ、微《かす》かに会釈《えしゃく》を返した。そのとき、友右衛門は年甲斐《としがい》もなくどぎまぎした。

帰りがけ、小屋の出口でその女といっしょになった。すると、女がすっと寄って来て、深川仲町《なかちょう》の料理茶屋『花里《はなさと》』で働いているお孝です。ぜひ一度いらしてくださいと言われた。客を引こうとしているのだとわかってはいても、お孝の美しさに魅せられて、数日後に『花里』に足を向けたのだ。

酌婦として現れたお孝は友右衛門を歓迎してくれた。それから、たびたび『花里』に行くようになった。

お孝は誰にも愛想がよく、お孝を贔屓にする客は多かった。だんだん、お孝が他の男と楽しそうに話しているのを想像するだけで息苦しくなってきた。それで、あるとき、思い切って所帯を持とうと言ってみたのだ。

大店の内儀になるというのはお孝にとっては魅力的なはずだと思っても、歳は二十以上離れており、ふたりの子もいる。そんな俺のところにあんな美しい女が来るわけはないと半分は諦《あきら》めていた。が、案外なことにお孝は無邪気に喜んだのだ。

「たまには好きなお芝居に行かせていただけるのなら」

お孝は目を輝かせてきいた。

「もちろんだ」

これで、お孝を独り占め出来る。そう思うと、友右衛門はこの世の幸福を独り占めしたように喜んだ。

お弓は後添いをもらうことに反対はしなかったが、友太郎はお孝を見て難色を示した。が、しいて反対はしなかった。後々、店の跡継ぎのことで揉めないように、店は友太郎が継ぎ、仮に友右衛門とお孝の間に男の子が生まれても跡継ぎにはしないとお孝に言い含めた。お孝はそれは当然ですと、気にもかけなかった。

こうしてお孝が『田丸屋』に入ったのだ。お孝の内儀ぶりは頼りなかったが、いずれ馴《な》れるだろう。ただ、芝居見物にしょっちゅう出かけることが気になった。

だが、ひと月も経たずに、友太郎がお孝を嫌い出した。お孝のことを性悪女だと言った。芝居茶屋で贔屓の役者を呼んでの酒盛り。あんなのが『田丸屋』の内儀では恥ずかしいと言い、早くお孝を離縁したほうがいいと迫った。

お孝はお孝で、友太郎が私に辛《つら》く当たって追い出そうと、あることないことを言っていると涙声で訴えた。

友右衛門はお孝に味方した。そのことで、友太郎は友右衛門にも反発を持つようになり、だんだんと商売にも身が入らず、遊びに出て外泊が多くなった。悪い仲間とつるんでいるらしいという噂が耳に入った。

あるとき、お孝が友太郎を勘当したほうがいいと言い出した。このままでは何かをしでかす。そうなったらお店にも影響が及ぶ。そう言うのだった。

その悪い予感が的中したように、友太郎は町で破落戸《ごろつき》と喧嘩《けんか》をし、相手に大怪我《けが》を負わせてしまったのだ。友太郎は追放になり、江戸にいられなくなった。幸か不幸か、友太郎を勘当していたので、店に累《るい》は及ばなかった。

友太郎がいなくなってから、お孝の芝居見物はさらに頻繁《ひんぱん》になった。いつしか、秀次郎という女形に入れ込んでいるらしいという話が耳に入るようになった。

何度かお孝に注意をした。そのたびに、お孝は甘えて友右衛門に謝った。いっときは収まるものの、しばらくするとまた芝居見物に出かけ、いったん出かけると、夜遅く帰って来た。

番頭から店の金がなくなっていると聞かされたとき、お孝の仕業だと思った。友太郎の言うとおりだったと、友右衛門は胸が張り裂けそうになった。

事件の日の朝、友右衛門の引き止めるのを無視し、お孝は芝居見物に出かけた。そして、夕方、今戸の寮の下男嘉平がやって来て、「内儀さんと女形の秀次郎が寮に泊まるみたいです。あっしは今夜は暇を出されました」と訴えたのだ。

友右衛門は動かぬ証拠の現場を押さえ、言い逃れが出来ないようにして離縁を言い渡す。そう思って今戸の寮に向かったのだ。

だが、友右衛門が覚えているのは、倒れているお孝を抱き起こそうとしたところまでだった。その直後、頭部に激しい痛みを覚え、そのまま失神してしまった。その後のことは頭の中に靄《もや》がかかったようにはっきりしない。その後の激しい吟味の中で、殴られたのではなく、転んで頭を打ったのではないかと何度も言われるうちに自分の記憶に自信がなくなってきた。

いっしょに寮まで来た嘉平に、「おまえはいいから、ここから引き上げろ」などと言った覚えはないが、長い牢暮らしが続くうちにその記憶も曖昧《あいまい》になっていた。

牢の中は混み合っている。寝返りを打つことさえ出来ない。このままでは先に気がおかしくなりそうだ。

しかし、私は無実なのだ。何度も自白を強要されたがやっていないものはやっていないのだ。このまま汚名を着せられたままでは友太郎やお弓が肩身の狭い思いをする。ふたりのためにも頑張るのだと、友右衛門は自分に言い聞かせた。

これまで九回の取調べで、友右衛門は自白をしなかった。そのために次回からの取調べは奉行所ではなく、吟味方与力がここ牢屋敷に出張してきて取り調べるのだという。

牢名主は、牢屋敷の穿鑿《せんさく》所での取調べは奉行所よりはるかに手荒いと言ったが、友右衛門は負けるものかと歯を食いしばった。

八

数日後、吟味方与力の取調べが済み、あとはお奉行の取調べを待つだけとなった。といっても、お奉行の取調べは与力の取調べの確認をするに過ぎない。ほとんど、吟味方与力の判断で趨勢《すうせい》は決まってしまうのだ。

友右衛門の取調べが牢屋敷内の穿鑿所で行われると決まったときから半ば恐れていたことだが、ついに友右衛門は自白したという。

穿鑿所で取調べを受けるのは、相当なしたたか者と見られ、石抱きや、海老《えび》責めなどの拷問を受けるのだ。

風烈廻り掛かりと兼務しているもう一つの掛かり、例繰方《れいくりかた》の所に友右衛門の一件書類が廻ってきた。ここで、「御定書百箇条《おさだめがきひやくかじょう》」と過去の判例「御仕置裁許帳《おしおきさいきょちょう》」とを照らし合わせる作業をして、友右衛門の判決の案を作るのである。

この作業から剣一郎は外され、もうひとりいる例繰方の与力に任された。

しかし、剣一郎は一件書類に目を通した。

事件当日、お孝は朝芝居見物に行ったが、夕方七つ（四時）頃に、ひとりで今戸の寮にやって来たという。そこで、寮番夫婦と下男の嘉平に一晩の暇を与えている。これは、寮番の喜助の妻女の証言だ。

その後に、秀次郎がやって来た。嘉平はその秀次郎の姿を見ており、義憤にかられて鎌倉町の『田丸屋』まで知らせに走ったという。

友右衛門は今戸の寮の前で、嘉平を帰している。したがって、嘉平はその後何があったかまったく知らない。

友右衛門の自白によると、部屋に忍び入ると、お孝と秀次郎が頰を寄せ合うようにしていたので、かっとなり台所から出刃包丁を持って来てふたりに襲い掛かった。逆上していて何がなんだかさっぱりわからなかった。夢中でふたりを刺したとき、止めに入った寮番の喜助を刺してしまった。

たいへんなことをしてしまったと慌て、火事で焼け死んだことにしようと思い、寮に火をつけて逃げた。

どこかで死ぬつもりだった。だが、死に切れずに彷徨《さまよ》っていたのだ。

やはり、お孝が『田丸屋』からくすねた金の行方や、なぜ、事件の当夜に限ってお孝は秀次郎との逢瀬に今戸の寮を使おうとしたのかなどに調べが及んでいない。

だが、そこまで調べる必要もなく、友右衛門の犯行と認められたようだ。

もし、友右衛門という人間を知らなければ、剣一郎も早い段階から友右衛門を犯人と考えていたかもしれない。

処罰は厳しいものになると予想された。

不義密通の妻女と間男の殺害には罪を問わないものだが、友右衛門は寮番を殺し、さらに寮に火を放った。放火は重大な犯罪であった。そして、いつまでも罪を認めなかったことも情状を悪くした。

二日後、お奉行の取調べが終わった。友右衛門はお奉行の前で、自白を翻《ひるがえ》すことはなかったようだ。

すべてが終わった。友右衛門は市中引廻しの上に打ち首獄門の刑を受けることになった。

引廻しの日、沿道には、ひと目引廻しを見ようと、大勢の人々が集まっていた。

七月五日の朝。剣一郎が出仕する前に、八丁堀に引廻しの一行がやって来た。牢屋敷裏門を出た一行は大伝馬町から堀留町と小舟町を通ってから江戸橋を渡って、さらに楓川《もみじかわ》にかけられた海賊橋《かいぞくばし》を渡ってすぐに左折し、堀沿いを坂本町《さかもと》二丁目まで行き、左折して八丁堀の組屋敷に入るのだ。

若党の勘助《かんすけ》が一行が来たことを知らせに来た。剣一郎は厳粛《げんしゆく》な思いで外に出た。門の前で待っていると、ざわついた足音が聞こえ、六尺棒を持った男が現れた。その後ろに馬に乗せられた友右衛門の姿が見えた。

無精髭が伸び、目は虚《うつ》ろだ。近づいて、剣一郎と目が合うと、友右衛門の目から涙が頬に伝わったのを見た。

無念の涙だ。

一行が行き過ぎたあと、剣一郎は重たい気持ちで屋敷に戻った。

それから着替えて出仕したが、その日は気分が塞《ふさ》ぎ込んでいた。途中、何度も引廻しの一行は高輪を引き返した辺りか、市ヶ谷をまわったか、本郷《ほんごう》にさしかかったかなどと、頭から離れなかった。

夕方、剣一郎は奉行所を出てから屋敷に戻ると、すぐに着替え、黒の着流しに落とし差し、編笠をかぶって屋敷を出た。

江戸市中をまわるのだから引廻しは一日掛かりである。ちょうど、今時分、小伝馬町の牢屋敷に戻る頃だ。

京橋《きょうばし》を渡り、大伝馬町から小伝馬町にやって来た。

ちょうど、引廻しの一行は牢屋敷に入るところだった。野次馬の中に、お弓の顔を見つけた。泣きながら、馬のあとを追って沿道を歩いて来たようだ。

剣一郎はかける言葉もなかった。

一行は牢屋敷に入って行った。これから斬首されるのだ。剣一郎は天を仰いだ。

九

二日後、お弓はおつねが引き止めるのを振り切って家を出た。『田丸屋』の店を閉め、お弓は父が持っていた日本橋久松町の二階家に移っていた。

途中から駕籠に乗り、浅草山谷町に向かった。

小塚原《こづかっぱら》の獄門台に、父友右衛門の首が晒《さら》されている。父の無残な姿を見るのは臓《ぞう》腑《ふ》を抉《えぐ》られるほどの苦痛を味わうだろうが、もう一度、父に会いたかったのだ。

駕籠は浅草御門を抜けて蔵前通りをまっすぐに進み、花川戸から今戸に入った。そして、小塚原の手前の浅草山谷町で駕籠から下りた。

小塚原の刑場まであと僅かだが、傍に駕籠をつけるのが憚《はばか》られた。

さっきより厚い雲が広がっていた。往還を行き交うひとの数は多い。

小塚原は街道沿いにあり、その先が江戸四宿の一つで、飯盛女《めしもり》を抱え賑《にぎ》わっている千住宿《せんじゅ》がある。江戸への入口だ。そこに遊びに行く者や旅人が足を止めて刑場を眺めている。わざわざ遠くから見物に来る者も多いのだろう。

見物人がたくさんいた。中には足早に目をそむけて行き過ぎる者がいるが、ほとんどの者は好奇に満ちた目で見物して行く。新しく晒された獄門首は一つだけ。番小屋の横にある台の上に、無念の形相の父の首が置かれていた。

「さすが極悪人らしい顔をしている」

職人ふうの男が呟《つぶや》きながら離れて行った。

お弓は辛かった。父は無実なのだと、その男を追いかけて行って訴えたかったが、無駄だとわかっていた。

「おとっつあん」

お弓は嗚咽《おえつ》を堪《こら》えた。

「お弓」

いきなり、背後から声をかけられた。驚いて振り向くと、旅支度の背の高い男が立っていた。

「あっ、兄さん。兄さんじゃありませんか」

兄の友太郎は強張った顔で頷き、獄門台に目をやった。

ふっくらとした色白の顔だったが、頬は削《そ》げ落ち、浅黒く鋭い顔つきになっていた。ずいぶん痩せていた。江戸を離れていた間の苦労が想像出来た。

「おとっつあん。変わり果てた姿に」

友太郎は呻《うめ》くような声を発した。

ふたりとも口を閉ざしたまま長い間、父の顔を見ていた。

ぽつんと一滴、頰に冷たいものが当たった。雨が落ちて来た。お弓ははっと我に返った。

「兄さん」

お弓は呼びかけた。

友太郎は青ざめた顔をまだ父に向けていた。

「おとっつあんが何か俺に訴えかけているようだ」

友太郎が震えを帯びた声で言った。

「兄さん。おとっつあんは何もしていないのよ。それなのにこんなことに」

友太郎は振り向いた。

「お弓。俺も何があったのか薄々聞いた。おとっつあんを貶《おとし》めた奴らを絶対に許さねえ。きっと、仇《かたき》をとってやる」

友太郎は頰を引きつらせて言った。

「えっ。それよりほんとうの犯人を見つけて、おとっつあんの汚名を晴らしてやりましょうよ。ねえ、兄さん」

「無理だ。役人が自分たちの過《あやま》ちを認めるはずはねえ。どんなにおとっつぁんの無実の証拠をつきつけても、絶対にだめだ」

「でも」

「いいか。もし、取り違えがわかったら、誤ってお裁きをした吟味方与力や同心たちにお咎《とが》めがあるのだ。そんなことを絶対に認めるはずはねえ。奉行所だって処刑をすませた者が無実だということを、今さら受け入れるはずはねえんだ」

「そうね」

お弓は深いため息をついた。

「俺たちが出来ることといったら、犯人に復讐をすることだ。そして、最後にはおとっつあんを捕まえた同心や誤った裁きを下した吟味方与力を……」

友太郎は最後まで言わずに唇を震わせた。

雨脚が強まった。獄門首の父に雨がかかり、まるで父の目から涙が流れ落ちているように見えた。

第二章　復讐

一

七月十七日の夜、お弓は日本橋久松町の家を出た。

前夜、お弓は送り火をし、祖先の霊を送った。おつねといっしょに十三日には迎え火を焚《た》いた。

お盆も終わった。父は新盆になるのだ。

父が死んで十二日経った。もちろん父の亡骸《なきがら》は戻って来ない。

事件が起きたのが五月一日だからもうふた月半が過ぎたことになる。目まぐるしく過ぎ、お弓はまるで別人になったような日々を送って来た。

お弓は浜町《はまちょう》河岸《がし》にやって来た。月はおぼろに霞《かす》んでいた。堀の両側は武家屋敷の塀が続いている。

辻番の灯がくらがりに灯っている。

川っぷちの柳の木の横に佇《たたず》んでいると、黒い影が近づいて来た。

「兄さん」

振り向いて言う。

「すまなかったな」

「そんなことないわ。はい、これ」

お弓は十両を友太郎に渡した。

「すまねえ」

友太郎はもう一度言った。

「でも、だいじょうぶか。おまえだって金が必要じゃないか」

「まだおとっつあんが遺してくれた貯《たくわ》えがあるから心配しないで。それに、おとっつあんの仇《かたき》を討つためだもの」

「そうだ。いまだに、おとっつあんの獄門首が脳裏から離れねえ。悲しそうな悔《くや》しそうなんとも言えねえ顔だった。おとっつあんの仇を討つ。俺は誓ったんだ」

「私だってそうよ。兄さん、調べるために金が必要だったら遠慮なく言って。もし、今の貯えがなくなったら、私を吉原《よしわら》に売って。そのお金で、おとっつあんの仇を……」

お弓は胸の底から悔しさが込み上げてきた。

「お弓。おまえにそこまではさせやしねえ。それまでにはきっと仇を討つ」

友太郎は拳に力をこめた。

「兄さん。で、嘉平は？」

「やっぱし、嘉平は何者かから金をもらっていたようだ。あのあと、派手に遊んでいた。博打場《ばくち》にも顔を出していた。金をもらって、おとっつあんを今戸の寮に誘《おび》き出し、おとっつあんに不利な嘘の証言をしたのだ」

友太郎は怒りを抑えて言う。

「誰から金をもらったのかしら」

「嘉平のところに人相のよくない男が来ていたらしい。その男があやしい。折りを見て、嘉平をとっちめて口を割らせるつもりだ」

「兄さん。ひとりでだいじょうぶ？」

「心配ねえ。それに、俺に手を貸してくれる者もいるんだ」

「そんなひとがいるの？」

「ああ、俺に同情してな。それより、『大坂屋』が気になるんだ」

「まさか」

「とは思うが、吉助も引き抜き、明らかにうちの店を潰しにかかっていた。おまえを狙《ねら》ってのことだと思うが」

「でも、そのためにあそこまでするかしら」

いくらお弓を手に入れたいためとは言え、継母と秀次郎を殺し、その罪を父になすりつけようとするだろうか。

「『大坂屋』のことを調べるには時間がかかる。それより、まずは秀次郎のことから調べるつもりだ」

「秀次郎のこと?」

「まあいい。今度、そのことは話してやる」

「兄さん。危ないことないの。私、毎日心配なの」

「江戸を離れている間、俺もたくましくなったぜ。ちょっとやそっとじゃ、死なねえ。安心しな」

友太郎は高崎《たかさき》、足利《あしかが》、佐野《さの》などを転々としていたらしい。そこで、その土地の親分のところに世話になって賭場の下働きなどをしていたという。

父の友右衛門の事件を知ったのは栃木《とちぎ》にいたときだという。江戸深川から舟でやって来た商人が瓦版を持っていたのだ。

友太郎が江戸についたときにはすでに斬首は終わって、小塚原に生首を晒していたのだ。父の獄門首の前で、兄と再会したのは、父の導きのような気がした。

「おとっつぁんは、兄さんにすまないと言っていたわ。俺がばかだったと。あんとき、友太郎の言うことを聞いておけばと」

「言うな。言わないでくれ。辛くなるだけだ」

友太郎は苦しげに言い、

「ひとの良いおとっつぁんにつけこんだお孝って女が憎い」

と、続けた。

「でも、継母も死んでしまったのよ」

「そうだ。なぜ、真犯人はお孝と秀次郎を殺したのか」

友太郎は川面を睨《にら》み付けた。

「兄さん、ひとが来るわ」

酔っているらしい職人体のふたりの男がお弓と友太郎を冷やかして去って行った。

「じゃあ、俺は行くぜ」

「兄さん、今度はいつ？」

「また、なんらかの方法で連絡する。おめえも十分に気をつけるんだぜ。いいか、

『大坂屋』が何か言って来ても断るんだ。くれぐれも『大坂屋』の尻尾《しっぽ》をつかもうなどという気になるんじゃねえぜ。『大坂屋』のことは俺が調べる。じゃあな」

友太郎は裾《すそ》をつまんでくらがりに身を隠すようにして去って行った。

お弓は家に戻った。

「お嬢さま、どこへ行かれていたのですか。心配するではありませんか」

おつねが飛び出して来た。

「ごめんなさい」

お弓は謝ったあと、

「おつねさん。私はもうお嬢さまでもなんでもないのよ」

「いえ。私にはお嬢さまです。私のことも、おつねとお呼びください。さあ、お上がりください」

部屋に上がると、

「ここにお座りください」

と、おつねが厳しい顔をした。

「どうしたの、そんな顔をして」

「お嬢さま。この前もひとりで外出なさいましたね」

「ええ、ちょっと」

「いえ、出て行くことは構いません。でも、行き先ぐらい仰《おつしや》ってください」

「きょうはちょっと外の空気を吸いに」

「そんなことでごまかされるおつねではありませんよ。男のひとでしょう」

「えっ」

お弓ははっとした。

「お嬢さまがお付き合いなさる殿方はそれに相応《ふさわ》しい御方があるはずです。何も、遊び人ふうの男などと」

「おつね。何を言っているの」

「お嬢さま。隠してもだめです。近所のひとがお嬢さまと遊び人ふうの男が並んで歩いているのを見ていたそうです」

「それは……」

お弓は返答に窮《きゆう》した。兄といっしょのところを誰かに見られていたのだ。

前に兄と会ったのは、獄門台の前で再会した二日後。同じ、浜町河岸で会った。そのとき、誰かに見られていたのだ。

やはり兄の言うように、もっと慎重にならなければならない。兄が戻っていると知られては、何かと差し障《さわ》りがあるのだ。

「ねえ、おつね。どうして私について来てくれるの。『田丸屋』はもうなくなってしまったのよ。私の傍にいても、よいことなくてよ」

「だって、私には他に行くところはありませんから。それに、私は亡くなった内儀さん、いえ前の内儀さんですよ。その内儀さんから、お弓のことを見守ってちょうだいって頼まれたんですよ」

おつねは涙ぐんだ。

「私は内儀さんにはよくしてもらったんです。ですから、今度はお嬢さまのお役に立ちたいのです」

「おつね。ありがとう」

「さあ、お嬢さま。もう、寝ましょう。今、おふとんを敷いてきますから」

そう言って立ち上がると、おつねは梯子《はしご》段をとんとんと上がって行った。

そのあとで、お弓は胸を締めつけられるようになった。おつねはお弓が何をしようとしているのか知らないのだ。

復讐が無事に済んだら、お弓は自首するつもりでいる。そして、お白州ですべてを話し、父の無実を訴えるつもりだ。

もちろん、打ち首覚悟の上だ。しかし、このままではおつねにまで累《るい》を及ぼしかねない。いつか、おつねを自分から引き離さねばならない。

姉とも母とも慕《した》うおつねと別れなければならないのかと思うと、お弓は無性に悲しくなってきた。

二

非番の日、剣一郎は黒の着流しに編笠をかぶって屋敷を出た。

雨にはなりそうもないが、どんよりとした空だ。浜町河岸から日本橋久松町にやって来た。

途中、三十半ばぐらいの男とすれ違った。身形《みなり》もぴしっとして、大店の番頭のようだった。

行き過ぎてから、剣一郎は思い出した。『田丸屋』の番頭だった吉助だ。すると、お弓に会いに行ったのかもしれない。

二階家の前で編笠をとり、

「ごめん」

と、剣一郎は声をかけて腰高障子を開け、狭い土間に足を踏み入れた。左手に竈《かまど》があり、上がったすぐ左手に二階への梯子段が見えた。

奥の部屋からお弓が出て来た。

「青柳さま」

お弓が緊張した顔を向けた。

「どうぞ、お上がりください」

「お邪魔する」

刀を右手に持ち替え、剣一郎は座敷に上がった。

仏壇に灯明が灯り、線香の煙がくゆるのを見て、お弓は毎日、こうして父の供養をしているのだと、胸に疼《うず》くような痛みを覚えた。

剣一郎も仏壇に向かった。家にあったのを運んだのだろう、大きな仏壇で、友右衛門の真新しい位牌《いはい》があった。

友右衛門が死んでから、きょうで二十日経ったのだ。

手を合わせたあと、お弓と向かい合った。

「どうだ、何か困っていることはないか」

「いいえ。だいじょうぶでございます」

乳母日傘《おんばひがさ》で育ったお嬢さまがこのような家に暮らすまでに零落したのだ。ひとりで生きて行けるだろうかと心配していたのだが、お弓は気丈な娘だった。

だが、その気丈さがかえって心配であった。

「来る途中、番頭だった吉助とすれ違ったが、吉助はここにやって来たのか」

「はい」

お弓は眉をひそめた。

「吉助は確か、今は『大坂屋』の番頭になっていると聞いたが」

「そうです。大坂屋さんが引き抜いたのです。吉助がいてくれたら、『田丸屋』だってまだ頑張れたと思うのですが大坂屋さんが……」

大坂屋に対して面白くない感情を持っているようだ。

「その吉助が何のようでここに来たのだな」

「私に大坂屋さんの後添いになれと」

「後添い？」

「はい。そうしたら、『田丸屋』をもう一度再興出来るように手を貸すと大坂屋さんが言っているからどうか考えて欲しいと説得に来たのです。もちろん、大坂屋さんに頼まれてのことです」

「で、お弓はどうしたのだね」

「もちろんお断りいたしました。大坂屋さんの力など借りたくありません」

お弓が口惜《くや》しそうに唇を嚙《か》んだ。

「今、『田丸屋』は？」

「店を閉めております。奉公人もいなくなりましたし、商売もすっかりだめになってしまいましたから。借金を肩代わりしてくれた伯父が、あの店を管理しております」

「店を手放すしかなかったのか」

「親戚の者がいろいろ話し合いを進めておりますが、たぶん大坂屋さんが買い取ることになるだろうと」

「親戚は守ってくれるのか」

「いいえ。父が捕まってから手のひらを返したように近寄らなくなりました」

「そうか。友太郎はまだ戻って来ないのか」

兄の友太郎のことに触れた。

「いいえ、まだです」

お弓の目が微《かす》かに泳いだような気がした。

「いったい、どこでどうしているのか」

剣一郎は言ったが、お弓の態度に不審を持った。

「兄は江戸追放の身。たとえ、事件を知ったとしても戻って来ることはないと思います」

「どうしてだ？」

きき返して、お弓の顔を窺《うかが》う。

「兄は、もう自分の道を歩んでいるのだと思いますから」

「そうであろうか」

「兄はそういう人間ですから」

お弓は強い眼差しで見返した。すぐに視線を逸《そ》らしたものの、そこに激しい何かを見つけた。やはり、お弓は何かを考えている。そう確信した。

「これからどうするつもりだ？」

「まだ、考えておりません。父の四十九日が済んでから、今後のことを考えようと思っています。当面の暮らしに困らないだけの貯えは、父が遺していてくれましたから」

「お弓」

剣一郎は静かに切り出した。

「友右衛門はお弓を頼むと言っていた。何かあれば私に相談するのだ。いいか」

「ありがとうございます。でも、私はひとりでやっていけます」

誰の力も借りないと、お弓は言っているのだ。

「お弓。そなた、何かとんでもないことを考えているのではないのか」

「とんでもないこととは？」

お弓が毅然《きぜん》とした顔で問い返す。

「父親の無実を晴らそうと思っているのではないのか」

「いえ、それは無理なことだとわかっております。たとえ、真の下手人が見つかったとしても、お役人は取り上げないでしょう。そのことは十分にわかっています。もはや、無実を晴らすことは不可能なのです」

すぐに言葉が出なかった。その強い口調に奉行所に対する批判がこめられていた。

お弓は奉行所に不信感を抱いている。仮に、真犯人が見つかったとしても、奉行所がその事実を認める可能性は低い。それに、今さら斬首された友右衛門の命を取り戻すことは出来ないのだ。

だとすれば……と、剣一郎は息を呑んだ。復讐か。お弓は真犯人を見つけ、復讐しようとしているのか。

このままでは、お弓にまで道を誤らせてしまう。

「お弓。いつまで暮らせる貯えがあるのだ？」

「慎ましく暮らせば一年はございます」

「一年経ったらどうするつもりだ？」

「考えておりません。どうせ、死んだも同然のこの身ですから」

お弓の目に炎のような怒りの色が浮かんだ。

父をあのような形で失った上に、お店も人手に渡った。すべてを失ったお弓がまっとうな道を歩んで行くようには思えなかった。

「お弓。ほんとに友太郎は戻っていないのか。ひょっとして、戻っているのではないか」

剣一郎が問い詰めたが、お弓ははっきりした口調で、

「いえ。兄は父のことも知らないのだと思います」

と、答えた。

剣一郎はお弓の家を出た。

厚い雲がさっきより低く垂れ込めていた。剣一郎の心も重くなっていた。

剣一郎が出来ることは、お弓に友右衛門がほんとうに下手人だということをはっきりわからせてあげることだと思った。このまま無実だという思い込みを持ち続けたら決して幸福にはなれない。

お弓を救うためには友右衛門の罪をはっきりさせ、早く事件を忘れさせることだ。

そのためには事件を自分なりに調べてみようと思った。もちろん、奉行所には内証だ。

まず、剣一郎は今戸の寮の下男嘉平から話を聞いてみようと思った。嘉平は今戸の寮が焼けたあと、神田福井《ふくい》町の裏長屋に移ったのだ。

久松町から、浅草御門を抜けて神田川を渡った。やがて、福井町に入る。

長屋木戸を入り、路地に足を踏み入れる。井戸端で洗濯をしていた数人の女房が話を中断して顔を向けた。

深編笠の侍に警戒心を持ったのだろうか。剣一郎は笠に手を当て、軽く会釈をして、雪隠《せっちん》の横を過ぎて路地の奥に向かった。

奥から二番目の家の前で立ち止まった。

戸に手をかけると、軋《きし》みながら戸が開いた。声をかけるまでもなく、中にひとのいる気配はなかった。

「お侍さん」

さっき井戸端にいた女房のひとりが近寄って来た。

剣一郎は笠で顔を隠すようにして女房の顔を見た。

「嘉平さんなら、この二、三日、留守ですよ」

「留守？」

「はい」

「どこへ行ったのかわからないか」

「さあ。でも、女のところじゃないんですか」

「女がいたのか」

「吉原に馴染《なじ》みの女がいるようですよ。うちの宿六にそんな話をしていたそうですから」

「その女の名はわからないな」

「知りません。うちの宿六の話じゃ、安見世の女だったそうです」

嘉平は今戸の寮の下男だったのだから、吉原にはちょくちょく遊びに行っていたのに違いない。

しかし、『田丸屋』にあんな騒ぎが起きて、下男の仕事を失ったはずなのに、どうして嘉平はそんな金を持っていたのか。

「嘉平は何か仕事をしているのか」

「いえ。でも、博打で儲《もう》けたらしく、金回りはいいみたいですよ」

「嘉平を訪ねてきた者はいるのか」

「そう言えば、五日ほど前に若い男がやって来ましたよ」

「若い男？　どんな男だね」

「目鼻だちの整った顔立ちでしたが、頬のこけた色の浅黒い遊び人ふうの男でした。二十二、三かしら」

「二十二、三？」

何者だろうか。まさか、お弓の兄の友太郎ではあるまいと思うが……。

「留守では仕方ない。また出直すとしよう」

剣一郎は路地を出て行った。

嘉平は金を持っているようだ。そのことが引っかかる。下男をやめるに当たり、お弓はたくさんの金を与えたのだろうか。

いや、その采配をしていたのは番頭の吉助だ。

剣一郎はそこから大伝馬町に向かった。

今吉助は、『大坂屋』に番頭として雇われているのだ。

途中、小伝馬町の牢屋敷の傍《そば》を通り、しばし友右衛門のことを思い出した。

賑《にぎ》やかな通りに面した木綿問屋『大坂屋』の店に入って、剣一郎は吉助を見つけた。あれからまっすぐ帰って来たようだ。

編笠で顔を隠していたので、吉助はさっきすれ違ったことに気づいていない。

笠をとって、剣一郎は吉助に声をかけた。

「青柳さま」

決まり悪げに吉助は頭を下げた。やはり、『大坂屋』に移ったことにうしろめたい気持ちを持っているのだろう。

「ちとききたいのだが、今戸の寮の嘉平のことだ。下男をやめさせるに当たり、いくらかの手当てを渡したのか」

「いえ、特には。あの者は、内儀さんの葬式で、お嬢さまに大口を叩いて出て行ったきり、近寄ってきません」

「じゃあ、金はわたしていないんだな」

「はい。あの、それだけでしょうか。お店に戻らなくてはなりませんので」

「待て」

行きかけた吉助を呼び止めた。

「おまえさんはお弓に大坂屋の後添いになるように勧めているようだな」

吉助は息を呑んだが、

「それも『田丸屋』のためでございますので。もし、後添いになれば『田丸屋』が存続出来ると思いまして」

「『田丸屋』のためだと申すのか」

「はい。それがお嬢さまのためだとも思いました」

「だったら、なぜ『田丸屋』がたいへんなときに『大坂屋』の誘いにのって店を移ってしまったのだ」

「それは……」

吉助は額に汗をかいていた。

「『田丸屋』のためを思い、お弓のためを思うなら、踏ん張って商売を続けるべきだったのではないのか」

「しかし、あのときはもう『田丸屋』は先の見込みがなくなっておったのでございます」

「まだ潰れたわけではなかった」

吉助が俯いた。

「まあ、よい。『大坂屋』の人間になったとしても、元の主人のことを疎《おろそ》かにせぬようにな」

「は、はい」

こそこそ逃げるように吉助は持ち場に戻って行った。

剣一郎は嘉平の金の出所を気にした。嘉平にそのことを問い質《ただ》す必要がありそうだ。

夕方になってもう一度、嘉平の長屋に行ったが、嘉平は戻っていなかった。

狭い三和土《たたき》に一間。積み重ねたふとんが端の破れた衝立《ついたて》で隠されている。壁の衣紋掛けにめくら縞《じま》の着物。

この家を引っ越して行ったわけではなさそうだ。帰って来るつもりで出かけたことは間違いない。

家の中を探したが、何も手掛かりになるようなものはなかった。

その夜、屋敷に戻ると、文七《ぶんしち》が来ていた。

普段は小間物の行商をしているが、剣一郎の手足となって働いてくれる男だ。

いつものように庭で待っていた。剣一郎は濡れ縁に腰を落とし、

「『田丸屋』の今戸の寮の下男だった嘉平という男のことを調べて欲しい。吉原に馴染みの女がいるようだ。住まいは神田福井町。ただ、嘉平は二、三日前から長屋に戻っていない」

「わかりやした」

文七はすっと暗闇に消えて行った。

翌日、朝から強い風が吹いていた。

風烈廻り同心の礒島源太郎と只野平四郎を伴い、剣一郎は久しぶりに市中の見廻りに出た。

各町内に火の元の用心を呼びかけて巡回しながら鎌倉町に差しかかったとき、ふと剣一郎はこの町内で起きていた不審火のことを思い出した。

友右衛門の事件にとりまぎれてすっかり忘れていたが、何回か不審火が発生していたのだ。

「鎌倉町のほうは、その後、どうだ?」

剣一郎がきくと、礒島源太郎がすぐに応じた。

「その後、何事もないようです」

礒島源太郎と只野平四郎はその後も鎌倉町の見廻りを続けていたのだ。

「警戒が厳重になったので、放火を諦《あきら》めたのかもしれません」

「別な場所では？」

「それもありません」

「すると、火付けそのものを諦めたのであろうか」

いったいなんだったのかと、剣一郎は鎌倉町で発生した不審火について考えを巡らせた。何かの目的があってのことなのか、ただ騒ぎを起こして面白がる者の仕業だったのか。

鎌倉河岸から各町内を突っ切り、八辻《やつじ》ガ原《はら》に出た。すると、柳原《やなぎわら》の土手のほうが騒がしかった。

「青柳さま。見て参ります」

只野平四郎が素早く飛んで行こうとしたとき、

「待て」

と、剣一郎は制した。

「行くまでには及ばぬようだ」

背後から定町廻り同心の植村京之進《うえむらきょうのしん》が駆けて来たのだ。

剣一郎は京之進を呼び止めた。

「青柳さま」

「何があったのだ」

「はい。神田川の川っぷちで男の死体が発見されたそうです」

「殺しか」

「はい。刃物で刺されているようです。では」

京之進が去ったあと、

「すまん。先に行ってくれ。明神下《みょうじんした》で落ち合おう」

とふたりに言い、剣一郎は京之進のあとを追った。

ある予感があった。柳原の土手に近づくに従い、予感が間違いないように思えてきた。

土手に上がり、川のほうを眺めると、ひとだかりのしている場所が見つかり、京之進が向かっていた。

剣一郎は土手を下った。

京之進が亡骸を改めていた。

「ちょっと見させてくれ」

「あっ、青柳さま。さあ、どうぞ」

剣一郎が追って来たので、京之進が少し驚いたようだった。

剣一郎は顔を覗き込んだ。

「嘉平だ」

土気色になった顔は嘉平のものだった。

「ご存じなのですか」

「例の『田丸屋』の今戸の寮で下男をしていた男だ」

あっと、京之進も思い出したようだった。

剣一郎は傷口を見た。脾腹《ひばら》と心の臓に深い傷があった。

「二、三日は経っているな」

草むらに隠れて発見されなかったようだ。

神田川を上っていた荷足船の船頭が発見したという。

「何かわかったら教えて欲しい」

そう京之進に頼み、剣一郎はその場を離れた。

なぜ、嘉平が殺されたのか。いずれにしろ、嘉平から話を聞くことは出来なくなったのだ。

その夜遅く、屋敷に文七がやって来た。

剣一郎は濡れ縁に出て、文七の報告を聞いた。

「嘉平の吉原の馴染みの女は羅生門河岸《らしょうもんがし》の安見世におりましたが、最近、現れていないようです。それで、そこの女が言うには、嘉平は京町《きょうまち》一丁目にある小見世に行っているようだということでした。なるほど、その見世に嘉平はこのひと月ばかし、通っておりました」

「よく、短い時間でそこまで調べたな」

「へえ。吉原にいろいろ伝《つて》がありますので」

剣一郎にとっても文七は謎の男だった。が、あえて素性は詮索しなかった。多恵の父親に恩誼《おんぎ》を受けたらしく、そのことから剣一郎の手足となってくれている。

「残念だが、嘉平は殺されてしまった」

「何かありましたら、遠慮なく、お声をおかけくださいませ」

「うむ、頼む」

文七が音もなく去って行った。

多恵がやって来た。

「だいぶ月の出が遅くなりました」

「虫がよく鳴いている」

ふと思い出し、

「剣之助《けんのすけ》は最近、どうだ?」

「相変わらずです」

「そうか、相変わらず、深川に遊びに行っているのか」

倅《せがれ》の剣之助は深川の場末佃町《つくだ》にある『和田屋《わだ》』の娼妓のところによく遊びに行っている。剣一郎は以前、見かけたことのある剣之助の敵娼《あいかた》のことを思い出した。

「あの女は心配ない。心根のやさしい女だ」

「あら、お会いになったことがあるのですか」

「いや。剣之助の様子からそう思う」

「さあ、もう遅うございます。おやすみになられませんと」

「うむ。そうしよう」

もう少し夜風に当たっていたかったが、剣一郎は寝間に向かった。

三

七月二十六日。きょうは二十六夜待《にじゅうろくやまち》で、今夜の月の出には、阿弥陀《あみだ》・観音《かんのん》・勢至《せいし》の三尊の仏体が拝礼出来るという。

いつぞやの二十六夜待では、父と兄と三人で、深川洲崎《すさき》海岸の料理屋の座敷から月の出を拝んだ。あのときの楽しかったことが思い出されて、お弓は涙ぐんだ。

しばしの思い出に浸っていると、おつねが駆け込んで来た。

「お嬢さま。たいへんです」

「まあ、そんなにあわててどうしたのですか」

お弓は眉をひそめた。

「下男の嘉平が殺されました」

「えっ。嘉平が殺されたって、それはほんとうなの?」

お弓は一瞬目が眩《くら》んだ。

「はい。なんでも柳原の土手で死んでいたそうです」

おつねは町中で、『田丸屋』に出入りをしていた棒手振《ぼてふ》りの野菜売りと出会った。

そのとき、その野菜売りが教えてくれたのだと言う。

兄さん、とうとうやってしまったのね。お弓は身内が震えてきた。

連絡を待っていたが、その日も兄友太郎から何も言ってこなかった。

やはり、嘉平は父を陥れた一味の仲間だったのだ。嘉平の死がそれを物語っている。

兄がそこまで思い詰めたのなら、お弓も引き返すことは出来ない。

翌日、朝餉《あさげ》のあとで、お弓はおつねを呼んだ。

「なんでございましょうか」

台所仕事を終えておつねがやって来た。

「そこにお座り」

「はい」

おつねが畏《かしこ》まって座った。

「お嬢さま、何か」

お弓の硬い表情に何か異変を感じたのか、おつねは怯《おび》えた目をした。

お弓が袱紗《ふくさ》包みをおつねの前に置いた。

「これはきょうまで働いていただいた給金とお礼です」

「なんですか、これは」

おつねの表情も強張《こわば》った。

「このお金を持って、あなたはここから出て行ってちょうだい」

「えっ、お嬢さま。今、何と?」

「ここを出て行って欲しいのです」

「どうしてでございますか。このおつねが何かいけないことでもいたしましたか」

「あなたといると窮屈なのです。私は自由になりたいのです」

「そんな。もし、出しゃばり過ぎなら控えるようにします。私がいたらないのなら、直します。ですからお嬢さま。私をお傍に置いてください。お願いいたします」

おつねは畳に額《ひたい》をつけた。

お弓は心で詫びながら、

「そんな忠義面をするおまえが嫌いなの。出て行って」

「お嬢さま」

「これは前々から思っていたことなの。きょう言おうか明日言おうかと考えていたのです。よいですね。これを持って故郷にお帰りなさい」

「いやです。私はお嬢さまのお傍を離れたくありません」

「私がいやなのです。顔を見るのさえいや。出てお行き」

袱紗包みをおつねに強引に押しつけ、お弓は逃げるように物干しに出た。崩れ落ちそうになるのを手すりにつかまり、お弓は必死に涙をこらえた。

おつねが階下に行くのがわかった。

長い時間がかかった末に、おつねが上がって来た。おつねは風呂敷包を持ち、身支度をしていた。

お弓は物干しから部屋に戻った。わざと冷たそうな表情を作った。

「お嬢さま。長い間お世話になりました。これでお暇《いとま》いたします」

「故郷に帰り、いいところがあったらお嫁に行くんですよ」

「お嬢さま」

「さあ、行きなさい」

お弓は心を鬼にしておつねを追い払った。

「夕餉の支度をしてあります。それから、明日の朝のおつけも出来ています」

「わかったわ。さあ、行って」

お弓は涙を見られないように背中を向けた。

おつねが出て行ったあと、お弓は畳に突っ伏して泣き崩れた。

翌日の午後、植村京之進という八丁堀の同心がやって来た。

「『田丸屋』のお弓であるな」

京之進がきいた。後ろには岡っ引きが控えている。

「はい。さようでございます」

「きのう、柳原の土手下で、嘉平という男が殺された」

「聞いております。嘉平は以前、今戸の寮の下男をしていました」

お弓は気丈に答える。

「そうか。その嘉平だが、下男をやめたあとは神田福井町の裏長屋に住んでいた。そのことを知っていたか」

「いえ、知りません。私は父のことで心身とも擦《す》りきらしておりましたから、自分以外の者のことを考える余裕を失っておりました。ただ、番頭さんから嘉平は暇をとったと聞いただけです」

「番頭というのは？」

「吉助です。『大坂屋』に番頭として引っ張られた男でございます」

「その吉助が嘉平に暇をとらせたということか」

「父があのようなことになってから店のことは一切吉助がやっておりました」

「なるほど。それでは、吉助が暇をやるに当たり、格別な金を渡したのか」

「そんなことは聞いておりません。ふつうのお手当てだけです」

「ところで、父親の友右衛門の詮議で、嘉平は友右衛門と違う証言をしたのだが、知っているか」

「はい、聞いています。いつの間にか嘉平がいなくなったと、父が言っていたのに、嘉平は、父に命じられて寮の手前で引き上げたと言っていたそうです」

同心は家の中を見回してからきいた。

「そなたは、ここでひとりで暮らしているのか」

「はい。きのうまでおつねという女中といっしょに住んでおりましたが、暇をやりましたので、今は私ひとりでございます」

「そうか。あのようなことがあって大変だろうが、気を落とさずに頑張ることだ」

「はい。ありがとうございます」

お弓は頭を下げた。

同心が出て行ったあと、お弓は手のひらを見た。汗が滲《にじ》んでいた。背中まで汗でびっしょりになった。

兄のことはきかれなかった。決して兄が江戸に舞い戻っていることは悟られてはならないのだ。

いつの間にか、辺りは暗くなっていた。

ずっと部屋の真ん中で茫然としていたらしい。遠くに棒手振りの声が聞こえて来た。

夕飯の支度をする気にもなれず、お弓は物干しに出て夕焼けの空を見上げた。

今頃、おつねは実家に帰っていることだろう。兄に嫁が来て、おつねのいる場所はないかもしれない。そのために、過分のお金を与えたのだ。実家のほうでも、ある程度お金を持っていればすげなくしないと思うが、すこし心配だった。

階下で声がする。お弓は下りて行った。

三和土《たたき》に、隣の女房おとしが立っていた。

「お弓さん。これ、食べて」

そう言って、小肥りの女房は皿に盛ったものを差し出した。

「これからも何か作って持ってきますから。何か困ったことがあったら遠慮なく言ってくださいな」

「どうして?」

お弓は訝《いぶか》しくきき返した。

「困ったときはお互いさまですからね」

「すみません」

皿を受け取った。

女房が去ったあと、おつねだと思った。おつねが隣の女房にお弓の世話を頼んで行ったに違いない。あれほど親切なのは根っからのひとのよさもあるけれど、おつねがお金を渡していったからに違いない。

またしても、お弓は涙ぐんだ。

四

剣一郎はいったん奉行所から組屋敷に帰ったあと、着替えてから出かけた。

日本橋川を江戸橋で越え、すぐに荒布《あらめ》橋を渡っててりふり横丁を過ぎる。親父《おやじ》橋を渡ると葭《よし》町である。

その手前を左折し、東堀留川沿いに北に向かうと芝居《しばい》町に出た。

まず中村座《なかむら》に行ってみた。役者の絵看板が大きく飾られ、役者の名前の書かれた幟《のぼり》が立ち並んでいた。

芝居が撥《は》ねたのだろう。木戸の前に大勢のひとが出て来ていた。

剣一郎は裏の楽屋口から入った。ここでは深編笠を脱ぎ、素顔を晒《さら》した。

剣一郎の頰に青痣があり、小屋の者はすぐに青痣与力であると悟った。

座頭から、秀次郎が『田丸屋』の内儀お孝に呼ばれて酒盛りをしていたという芝居茶屋『角屋《かどや》』を教えてもらい、『角屋』に行った。

『角屋』は芝居小屋から流れて来た客でごった返していた。間の悪いところに来たかと思ったが、四半刻（三十分）も待つことなく、『田丸屋』のお孝の世話をしていたという店の出方の男から話を聞くことが出来た。

「確かに、『田丸屋』の内儀さんは秀次郎を呼び、こちらで酒盛りをしていました」

小粋な感じの男が畏《かしこ》まって言う。

「秀次郎というのはどのような男なのだな」

「歳は二十三。女形《おやま》ですが、とかく女癖の悪い男でした。亡くなった者に酷《こく》な言い方になりますが、それほど華のある役者ではありません。どうして、『田丸屋』の内儀さんが贔屓になすっていたのか、正直なところわかりません」

あまり評判のよい男ではなかったようだ。

「ふたりの付き合いは長いのか」

「一年ほど前からでしょうか。やはり、『田丸屋』の内儀さんになってから贔屓をしだしたようです」

金を使えるようになってからという意味だろう。

「だいたいどのくらいの時間を過ごすのだな」

「暮六つ（六時）から酒宴を催し、半刻（一時間）も経たずに、ふたりで『萩の間』に消えました」

「なるほど。ほとんどの時間は、ふたりだけで過ごしていたのだな」

お孝は『田丸屋』の内儀に収まった直後から秀次郎に狂い出したというわけか。

「秀次郎は『田丸屋』の内儀を虜《とりこ》にするほどに魅力のある男だったのか」

「いえ。そこがわからねえんです」

「わからない？」

「はい。さっき華のある役者ではないと言いましたが、それは遠慮した言い方で、女形といってもごつい顔ですから女の色気はありません。ですから、まさかふたりが出来ているなどとは信じられないと思います」

出方の男は首を傾《かし》げ、

「それなのに内儀さんのほうが逆上《のぼ》せ上がっているんですから、男と女の仲ってのはわからないものです」

「ほう、女のほうが逆上せ上がっていたのか」

「へい。お帰りになるときはいつも別々に帰るのですが、内儀さんのほうはうっとりとして夢見心地の様子ですが、秀次郎のほうはいつもつまらなそうな顔つきでした。好きな女と燃え上がったという余韻などありません」

「そうか。女のほうがな」

剣一郎は呟いてから、

「すまぬが、ふたりがいつも使っている『萩の間』を見せてもらえぬか」

「今、お客さんがおりますので、庭のほうからでしたら」

「それで構わぬ」

男の案内で、庭に入った。

開け放たれた座敷から灯が漏れ、三味線や鳴り物が聞こえてきた。芸妓を交え、酒宴がはじまったのだ。

「あの部屋で酒盛りをし、そのあと、この奥にある部屋に移ります」

庭はすぐ隣の芝居茶屋の間の小道に接していた。

「あっしもいつかこういうことになるんじゃないかと危惧《きぐ》していたんです。内儀さんが秀次郎を呼び出すことが多くなっていましたからね」

庭から元の場所に戻って、男が言う。

「内儀は秀次郎にだいぶ金を貢いでいたようだったのか」

「だと思います。その金は」

男は言い差した。

「その金は、どうしたんだ?」

「いえ、その」

「そなたから聞いたとは決して言わぬ。話してくれないか」

「へえ」

男は言いよどんだ末に、

「じつは秀次郎には別に女がおりました」

「女?」

「はい。秀次郎は日本橋の琴弥《ことや》という芸妓といい仲になっていました」

「ほう。日本橋の琴弥か」

剣一郎は小首を傾げた。

「秀次郎の住まいはどこなんだね」

「近くです。新乗物町《しんのりもの》に一軒構えております。あの内儀さんの贔屓を受けてから、その家を借りたんですよ」

その他に幾つかきいたが、たいした内容ではなかった。剣一郎は礼を言って芝居茶屋を出た。

そこから新乗物町の秀次郎の住まいに向かった。

だが、すでに秀次郎が死んでふた月以上経っており、もう別の人間が住んでいた。

翌日、剣一郎は日本橋の馴染みの芸者まつの家に向かった。

まつの家は南茅場町《みなみかやば》にあった。近づくと格子づくりの家から三味線の音が聞こえてきた。

まつは常磐津《ときわず》の名取芸者で、常磐津の名取名の文字松のまつを源氏名にしている。隠居したらまつから常磐津を習う約束をしている。

格子戸を開けて声をかけると、住込みの婆さんが出て来た。

「これは青柳の旦那さま。ちょっとお待ちくださいい」

婆さんはすぐに腰を上げたが、声が聞こえたのだろう、三味線の音が止んだ。

「まあ、旦那。お珍しい」

洗い髪のまつが出て来た。

たらした髪が肩にかかり、島田髷《しまだまげ》の芸者姿と違って、妙に色気があり、剣一郎は少しどぎまぎした。

「さあ、旦那。お上がりくださいな」

「いや、そうもしていられない。ちょっと頼みがあって参ったのだ」

「なんでございます？」

「琴弥という芸者を知っているか」

「琴弥さんならよく知っております。琴弥さんに何か」

「うむ」

剣一郎は声を落とし、

「琴弥は女形役者の秀次郎と親しくしていたというが、まつは知っているか」

「はい。秀次郎さんが亡くなったことを知って、少し落ち込んでおりました」

「その秀次郎は『田丸屋』の内儀と深い関係だったようだが、琴弥はそのことを知っていたのだろうか」

「知っていたと思いますけど」

「琴弥に会ってみたいんだ。琴弥の住まいを教えてもらいたい」

「西河岸《にしがし》町に住んでいます。一石《いっこく》橋の近くです」

「そうか。わかった」

「あれ、旦那。もう行ってしまうんですか」

まつが不満そうに言う。

「今度、寄せてもらう」

「いつも、今度じゃありませんか」

「それを言われると辛《つら》いが」

「まあ、いつまでも待ちますよ。そうそう、剣之助さんもごいっしょに。もうお奉行所に勤めているそうではありませんか」

「見習いだ」

「さぞ立派になったでしょうね。旦那、じゃあ、またお風呂で会いましょう」

まつとはときたま風呂屋で会う。

八丁堀の与力、同心は女風呂の朝湯に入ることを許されており、町の女はほとんど風呂に来ないが、芸者などは朝湯にやって来るのだ。

剣一郎は蓬莱橋《ほうらい》を渡ってまっすぐ西河岸町に向かった。

琴弥の住まいはすぐにわかった。まつの家より手狭な感じだったが、塀から松の樹が枝を伸ばして小粋な家だった。

ここでも剣一郎は土間に立って、上がり框《がまち》に腰を下ろした琴弥にきいた。

「女形の秀次郎のことだが」

「ああ、秀次郎さんの」

悲しそうな表情を作ったが、それも一瞬で、

「何もあんな死に方をしなくてもよかったのに」

と、呟《つぶや》いた。

琴弥は二十四、五といったところだろうか。狐顔だが、おちょぼ口になんとも言えぬ色気があった。秀次郎はこの口許《くちもと》に惚れたのではないかと思わせるような愛らしさだった。

「秀次郎が『田丸屋』の内儀から贔屓されていることを知っていたのか」

「知っていました」

「ほう。『田丸屋』の内儀は、おまえさんのことを知っていたのだろうか」

「知っていたはずですよ。役者は浮気者だということを承知していたのでしょう」

『田丸屋』の内儀は秀次郎にかなり金を貢いでいたようだが、その金を秀次郎が何に使ったか知らないか」

「いえ、そんなに貢いでもらっていないようでしたよ。それだったら、着物だってもっといいものを着ていたと思いますし」

「秀次郎はそんなに金を持っていなかったと言うのか」

「はい」

「『田丸屋』の内儀のことで、秀次郎から何かきいてはいないか」

「いえ。なにも」

「秀次郎はどのくらいの間隔で、おまえさんに会いに来ていたんだね」

「五日に一度ぐらいでしょうか。たいてい、その前の夜は『田丸屋』の内儀さんに呼ばれていたようです」

「『田丸屋』の内儀に会った次の日に秀次郎はそなたに会いに来ていたというのか」

「はい。『田丸屋』の内儀に会うのはあまり楽しいものではないと言っていました。ただ、小遣いをもらえるからだと」

秀次郎は『田丸屋』のお孝に買われた金で、琴弥を買っていたことになる。

秀次郎はお孝に会うのはあまり楽しい様子ではなかったという。琴弥の前だから、わざとそんな言い方をしたのだろうか。

それより、お孝に会った次の日に必ず琴弥に会いに行くというのはどういうことなのか。秀次郎はお孝では満足出来なかったのだろうか。

いや。お孝も女盛りだ。決してそんなことはない。

その他に幾つか訊ねてから、剣一郎は琴弥の家を辞去した。

陽が西に傾いていた。

芝居茶屋の庭を思い出した。隣の茶屋と裏口を通れば行き来出来る。

かねてから抱いていた疑問がますます膨らんだ。お孝が店の金を使い込んだ額は半端ではない。遊びの限度を越えたものだ。さらに、借金までしている。

その金はいずこに消えたのか。秀次郎以外に、お孝には男がいたのではないか。剣一郎はそんな気がした。

再び、茶屋の庭を思い出した。

酒盛りが終わって、お孝は秀次郎と奥の部屋に一刻（二時間）ほど閉じこもったという。だが、お孝は秀次郎を残し、庭から隣の茶屋にいる誰かに会いに行ったということは考えられないだろうか。

お孝が戻ってくるまでの間、秀次郎はひとりで過ごさねばならなかった。お孝が好きな男と情事に耽《ふけ》っている間、秀次郎はひとりで悶々としてふとんの敷いてある部屋で過ごしたのだ。その欲求不満が翌日、琴弥のところに行かせたのではないか。

そう考えたとき、剣一郎は血が逆流するような衝撃を受けた。

田丸屋友右衛門は誰かにはめられたのかもしれない。奉行所は無実の者を獄門台に送ってしまったことになる。

(なんてことだ)

剣一郎は天を仰いだ。

いや、そんなはずはないと、剣一郎は自分に言い聞かせた。

下手人は友右衛門に間違いないのだ。そうでなければならない。

だが、お孝に別に男がいたとしたら、事件の様相は一変してしまう。

友右衛門が下手人であることをはっきりさせるための調べだったが、逆に友右衛門が冤罪《えんざい》だった可能性が出て来た。

もっと調べなければならない。

剣一郎は再び芝居茶屋に顔を出した。そして、『角屋』と隣接している『つた屋』という茶屋に入った。

まだ、日暮れには時間があり、茶屋も閑散としていた。

『つた屋』の女将《おかみ》に会い、ひとりで来ていた客はいないか訊ねた。だが、いないとはっきり答えた。

「何人かで来て、それからひとりだけ別の部屋に抜け出す男はいなかったか」

「いえ。おりません」

美しい顔の女将ははっきり答えた。

「裏庭を見せて欲しいのだが」

女将の案内で裏庭に行った。

『角屋』の塀が見える。裏庭に出たが、『角屋』と行き来するのは無理なようだった。植込みがあり、板場から出入りが丸見えになる。

見当が外れたようだと思ったが、剣一郎は何も男が待つのは料亭の座敷である必要はないと思った。

近くの一軒家で男が待っていたということも考えられる。

剣一郎は『つた屋』を出てから『角屋』の裏にまわった。

『角屋』の裏口から出て、お孝はこの近くにある一軒家に入ったのではないか。そういう目で、その付近を歩き回ってみた。

役者の住まいや踊りの振付師の住まいなどもある。路地を歩き回って、ふと「貸家」と張り紙のある家を見つけた。

ちょうど出て来た隣の家の女房に声をかけた。

「ここはいつ頃までひとが住んでいたのかな」

「先月まで、ときたまひとが出入りをしているのを見掛けましたが、ここひと月ほどは、あの張り紙が張られたままですよ」

「どんな人間だったか覚えていないか」

「ほとんどひとが住んでいなかったようですよ。顔を見たことはありません。ときたま、夜にひとが出入りするのを見掛けましたが」

「大家はどこに住んでいるんだね」

「この先の角の酒屋さんですよ」

「すまなかった」

剣一郎は大家の家に向かった。

酒屋はすぐにわかった。

店番をしていた、でっぷりした男が大家である酒屋の主人だった。

「そこの貸家だが」

剣一郎はすぐに切り出した。

「以前はどんな人間が借りていたんだね」

「はい。茶屋で働いている、おきみという女でした」

「茶屋というと芝居茶屋か」

「いえ。薬研堀《やげんぼり》にある『草津屋《くさつや》』という料理茶屋だと聞いたことがあります。そこで通いの仲居をしている女でした」

礼を言って引き上げようとしたとき、

「青柳さま」

と、大家に呼び止められた。

「わかっていたのか」

剣一郎は苦笑した。

「はい。青痣与力のご高名は伺っております」

「きょうは役儀ではないのだ」

「それで、そのようなお姿で」

「うむ。で、何か」

「はい。じつはその女のことで、以前に若い男が訪ねて来ました」

「なに、若い男が？」

「ただ、その男はおきみのことを知っておりまして、あの貸家に以前住んでいたのはおきみかときかれました」

「どんな男だ？」

「二十二、三歳でしょうか。遊び人ふうで、やせて色の浅黒い目鼻だちのよい男でした」

嘉平を訪ねた男と同一人物だ。

その若い男は最初からおきみという名前を知っていたのだ。おそらく、薬研堀の茶屋も知っていたに違いない。

剣一郎はさらにそこから薬研堀にまわった。

夕闇が下りており、呑み屋の軒行灯が明るく灯っていた。薬研堀から米沢町《よねざわ》、さらに柳橋にかけて料理屋や船宿が多く、また芸者もたくさんいた。

船宿から吉原通いの船もたくさん出て行く。

薬研堀の『草津屋』はすぐにわかった。

店に入って行くと、女中が出て来た。

「青柳さま」

やはりここでも頬の青痣が正体を明かしてしまう。青痣与力の名声があがるにつれ、初めての場所でもすぐに青痣与力と知れてしまい、内密での行動がしづらくなった。

　奥から女将らしい女が出て来た。

「何かございましたでしょうか」

「いや。ちときたいのだが、ここにおきみという仲居はいるか」

「おきみでございますか」

　女将が戸惑いぎみに言う。

「おきみに何かあったか」

「はい。じつは三日前からお店に出て来ていないんです」

「出て来ていないというのは?」

　剣一郎は胸騒ぎを覚えた。

「長屋にも帰っていないようでして」

「長屋というのは?」

「すぐ近くです。米沢町に住んでいます」

「確か、おきみは芝居町の近くに家を借りていたようだが」

「えっ、芝居町ですか」

女将は意外そうな顔をした。

「おまえたち、知っているかえ」

女将は傍にいた女中たちに訊ねた。皆、首を横に振った。

なるほど。おきみは単に隠れ蓑《みの》に使われただけのようだ。

「おきみはここは古いのか」

「半年ほどになります。ここに来る前は、深川仲町の料理屋で酌婦をしていたそうです」

「なんという店かわからないか」

「いえ、知りません」

確か、『田丸屋』のお孝も深川で酌婦をしていて、友右衛門に見初められたのだ。

お孝とおきみは知り合いだった可能性が強まった。

「ここに二十二、三の色の浅黒いやせた男がおきみを訪ねてきやしなかったか」

「あっ、知っています」

横にいた女中が覚えず大きな声を上げた。皆の視線が自分に集まったので、女中は恥ずかしそうに俯いた。

そこに客が入って来たので、失礼しますと女将が相好を崩して迎えに出た。

隅に移動し、剣一郎は残った女中に、

「その男はいつ来たんだね」

「五日ぐらい前かしら」

「その男とおきみは顔見知りのようだったか」

「いえ。私がその男に、おきみを呼んでくれと言われ、おきみちゃんを呼びに行ったんです。おきみちゃんは怪訝《けげん》そうでしたけど、二人連れだって外に出て行きました。私はちょっと心配だったので、あとをつけたんです。そしたら、堀の傍でなにやら言い合っているようでした」

「言い合い？」

「はい。男が何かを言い、おきみちゃんが違うとか、知らないとか言っていました。何かあったら大声を上げてやろうと思っていたのですが、そのうちに男は諦めたらしく引き上げて行きました」

「そうか。おきみがここに来なくなったのは、それから二日後ぐらいか」

「そうです」

また新しい客が入って来た。

「立て込んできたようだな。すまなかったな」

剣一郎は外に出た。

二十二、三の男が気になる。そう思ったとき、剣一郎はあっと声を上げた。おきみがあぶない。剣一郎は焦《あせ》った。

五

八月五日。父の月違いの命日だった。

山谷町を過ぎてから、お弓は駕籠をおりた。すぐ目の前に、陰惨な風景が広がっている。小塚原の刑場だ。

お弓は目を避けてそこを通り過ぎ、やがて千住回向院《えこういん》にやって来た。処刑された者はこの寺に埋葬されているのだ。

父もここに埋葬されている。お弓は供養塔にお参りをし、父の冥福を祈った。

無実のまま死んで行った父の無念を思うと、胸が張り裂けそうになった。兄が来ていないかとしばらく待ったが、兄が現れる気配はなかった。

再び、駕籠で家に戻った。

仏壇に灯明を上げたあと夕餉の支度をしていると、腰高障子が開いて大坂屋が入って来た。

「お弓さん。お久しぶりです」

「大坂屋さん」

お弓は緊張した声で言い、襷《たすき》を外した。

大坂屋は中に入って来て、家の中を無遠慮に見回した。

「『田丸屋』のお嬢さまがこのような家に……」

同情とも揶揄《やゆ》ともとれる言い方で、大坂屋はお弓の様子を窺った。

この男が父を罠にはめたのかもしれないと思うと、お弓は息苦しくなったが、気づかれぬように深呼吸をして気持ちを落ち着かせた。

大坂屋は勝手に上がり込み、座敷に座ると煙草入れを取り出した。追い返すつもりだったが、お弓は何か証拠をつかみたいと思った。

お弓は煙草盆を置き、少し離れた場所に座って、

「何か御用でしょうか」

と、煙管を取り出している大坂屋に声をかけた。

「これは友右衛門さんが愛用していた煙草盆ですか」

と、大坂屋は手にとってきいた。

「違います。御用は何でしょうか」

お弓は素っ気なく言う。

大坂屋は煙管に刻みを詰めながら、

「お弓さんのことが心配になりましてね。一度、どんな暮らしをしているか、見ておきたかったのですよ」

白々しいとはこのことだと、お弓は腹が立ったが、

「別に心配していただくには及びません」

と、すまして答えた。

大坂屋は火を点《つ》けてから、

「そういつまでも突っ張っていないで、素直になったらどうかね」

「素直と仰いますと？」

「前から、私が言っていることです。私の差し伸べた手に素直につかまりなさいということですよ」

「沈みかけた船の船頭だけを自分の船に移し、船が沈むのを待っているような御方の手にはつかまりたくはありません」

「吉助のことを言っているのか」

大坂屋は鼻で笑った。

「吉助がうちに来れば、おまえさんも素直になると思ったのだ。見込み違いだった」

「あまり、弱みに付け込むような真似をなさると、大坂屋さんは痛くもない腹を探られることになりますよ」

「痛くもない腹？」

大坂屋が上目遣いに見た。

「父は何者かに謀《はか》られたのです。父を罪に陥れ、『田丸屋』を潰した人間がいるのです」

「それが私だとでも言うのか」

大坂屋は苦い顔で言う。

「私が大坂屋さんの妾になれば、心ある世間のひとはそう見るかもしれません」

「ばかな」

大坂屋は口許に冷笑を浮かべ、

「私は同業者のお店の苦境を救ってやろうとしただけだ」

「そうでしょうか。まるで、意図があって私たちをいじめているように思えますが」

「まあ、友右衛門さんがあのようなことになってまだ間がないので、お弓さんの心も乱れているのでしょう」

そう言って、大坂屋は煙管を口にくわえた。

「大坂屋さんは、『田丸屋』の今戸の寮にいた嘉平という男をご存じでしたかしら」

お弓は探りをいれた。

「いや。知りませんな」

「そうかしら」

「その嘉平がどうかしましたか」

「父を罠にはめた一味に手を貸していたのです」

「お弓さん。さっきから罠にはめられたと言っているが、友右衛門さんはお白州でちゃんと裁かれたのですよ」

「あれは間違った裁きでした」

「強情なひとだ」

大坂屋は口許を歪《ゆが》めた。

「強情で言っているのではありません。真実を言っているのです」

「現実を直視することだ。そうしなければ、先に進みませんよ」

そのとき、戸が開いて隣家の女房のおとしが入って来た。

「あっ、お客さまだったんだね」

「いえ。もう、お帰りになるところです。大坂屋さん、もうご心配はいりませんので、どうぞこちらにお運びいただかなくても結構でございます」

お弓は追い返すように言う。

煙管を仕舞ってから、大坂屋は立ち上がった。

「お弓さん。困ったときにはいつでもお出でなさい」

大坂屋は引き上げて行った。

その後ろ姿を見つめていたが、ふと我に返ったようにおとしは顔を戻し、

「誰なんですね」

と、きいた。

「親切ごかしに何か言い寄っているんだったら、今度はあたしが相手をしてやりますからね」

「ありがとう、おとしさん」

「さあ、さっそく支度にかかりますよ」

おとしは台所に立った。そして、驚いたように声を発した。

「あれまあ、ご飯が炊けているわ。お弓さんが？」

「はい。教わったとおりにやってみました」

「へえ。やれば出来るのねえ」

おとしは感心し、てきぱきと夕餉の支度をしてくれた。

「じゃあ、またあとで洗い物に来ますから」

「だいじょうぶです。私ひとりでやれますから」

「いいんですよ。任せておいてくださいな」

「すみません」

出て行くおとしの背中に、お弓は頭を下げた。

ひとりで夕飯を食べていると、無性に悲しくなってきた。

夕餉のときは、おとっつあんの晩酌につきあったものだ。お弓がお酌すると、喜んでくれた。

だが、継母がやって来てから一変した。おとっつあんの晩酌の相手は継母になったのだ。だが、そのうちにまた事情が変わって来た。

継母は芝居見物に行き、夜遅く帰って来るようになった。そんなときは、久しぶりにおとっつあんと夕餉をとった。

(おとっつあん)

お弓は涙ぐんだ。

泣いてはいけないのだ。おとっつあんの復讐をするまでは涙を流してはいけないのだ。お弓は心を鬼にした。

食事を終えたとき、櫺子《れんじ》格子の窓から丸めた紙が投げ込まれた。

お弓は急いで投げ文を拾った。

――今宵、五つ（八時）、長谷川《はせがわ》町の三光《さんこう》稲荷。友。

（兄さんだ）

お弓は急いで外に飛び出した。横町の路地を曲がって行く、風呂敷包を背負った男の後ろ姿を見た。

おとしがやって来て片づけものをしてくれた。そして、おとしが引き上げたあと、お弓は家を出た。

道行くひとの数も少なくなっている。

長谷川町の三光稲荷の境内《けいだい》に入って行くと、小さな祠《ほこら》の横から黒い影がお弓を招いていた。風呂敷包を背負った男だ。

お弓はそのくらがりに足を向けた。

「兄さん」

兄の友太郎だった。

「お弓。誰にもつけられていねえな」

「ええ」

友太郎は小間物売りに姿を変えていた。

「だんだんわかって来たぜ。『角屋』という芝居茶屋の裏側に一軒家がある。そこを借りていたのはおきみという女だ。今は薬研堀の料理茶屋にいるが、その前は深川仲町の料理茶屋『花里』にいた」

「じゃあ、継母といっしょ？」

「そうだ。おきみは表向きの借主で、実際にはお孝が借りていたんだ」

「おきみってひとは継母の相手の男を知っているのね」

「そうだ。おきみに白状させたぜ。思ったとおりだ」

「思ったとおりって、それじゃ大坂屋……」

「そうだ。おきみははっきり口にした。大坂屋はお孝に手を出し、それからおめえにまで触手を伸ばそうとしていやがる。薄汚ねえ野郎だ」

「でも、どうして大坂屋さんは継母を殺したの？」

「継母なんて言うな。お孝でいい」

友太郎は吐き捨ててから、

「お孝は大坂屋とおとっつあんの二股をかけていたんだ。おとっつあんの後添いになったあとも大坂屋と会っていやがった。大坂屋がお孝に飽きてきたのか、お孝が大坂屋と別れたがっていたか。いずれにしろ、大坂屋を問い詰めてみる」

「番頭の吉助が今『大坂屋』にいるわ」

「あの野郎」

「兄さん。嘉平のことだけど……」

お弓が言いかけたとき、鳥居に下駄の音がした。

年増の女がお参りにやって来た。

女が出て行ったあと、今度は芸妓らしい女がやって来た。

三光稲荷は失せた猫を見つけてくれるという妙な御利益があるらしく、女子どもの参詣が多いと言われている。

芸者が出て行ったあと、

「お弓。また、連絡する」

と言い、友太郎は素早く境内から出て行った。

「兄さん。気をつけて」

お弓は社殿に手を合わせ、兄の無事を祈った。

六

夕方七つ（四時）過ぎに奉行所を出た。剣一郎は継上下《つぎがみしも》、平袴に無地で茶の肩衣、白足袋《たび》に草履を履いている。

槍持、草履取り、挟箱《はさみばこ》持、若党らの供を従えて、堀沿いを行って比丘尼《びくに》橋を渡り、京橋川の河岸を伝い、それから楓川に沿って歩いた。

途中に萩が見事に咲いている家があり、剣一郎の目を楽しませた。楓川を新場橋で渡って八丁堀に入って来る。

天秤棒を担いだすすき売りが会釈をしてすれ違って行く。秋の気配がすっかり濃くなっていた。

北島町にある剣一郎の組屋敷に近づくと、いつものように若党の勘助が一足先に門を潜って、「おかえり」と奥に向かってよく通る声で報せた。

剣一郎は冠木《かぶき》門を潜って小砂利を敷いた中を玄関に行く。式台付きの玄関に多恵と娘のるいが出迎えた。多恵は丸髷に結い、化粧をして眉を剃り、歯を染めている。八丁堀以外の旗本では、玄関に妻女が出てくることはない。奥方はまさに奥の役目だけを負っているのであり、玄関への送り迎えは用人がする。

廊下を奥に向かう。すぐ後ろを多恵が裾を引いて歩いて来る。清楚《せいそ》で美しいという評判だった頃の姿とまったく変わらない。ただ、おとなしく控え目だったのが、ふたりの子どもを産んでから凜乎《りんこ》とした様子になっている。

着替えをし、最後に帯を締めたとき、勘助がやって来た。

「旦那さま。植村京之進さまのお使いが」

「来たか。庭から通せ」

剣一郎は表情を曇らせた。

濡れ縁に出て待つと、京之進の使っている手下がやって来た。

「ご苦労。おきみが見つかったのか」

「へい。ついさっき、本所《ほんじょ》の横川にかかる業平《なりひら》橋の近くです。心の臓を一突きにされておりました。死んでから数日経っているようでございます」

おきみは数日前から姿を消していた。最悪の事態に備え、京之進におきみの探索を頼んでおいたのだ。

やはり、おきみは殺されていたのだ。

「あとで、植村の旦那が改めてお知らせに上がるとのことでした」

「ご苦労だった」

京之進の手下が帰ったあとも剣一郎は濡れ縁に座っていた。

これで、嘉平、おきみと立て続けに殺されたことになる。友右衛門の事件と関係しているとみていい。

五つ半（九時）過ぎに、植村京之進がやって来た。

「遅い時間に申し訳ありません」

「いや。ご苦労であった」

「おきみは行方不明になった直後に殺されていたようです。心の臓を一突きにされており、嘉平を殺《や》った人間と同一人の仕業の可能性が高いと思われます」

「業平橋の近くで見つかったということだが、おきみはあの辺りに何の用があったのだろうか」

「『草津屋』の女将や朋輩《ほうばい》に聞いてみましたが、皆一様に首を横に振っておりました。それから、おきみには特に浮いた噂はありません」

「おきみは芝居茶屋『角屋』の裏手に家を借りていた。おそらく、『田丸屋』の内儀に頼まれたに違いない。内儀はその家で何者かと密会を繰り返していたのだ」

「密会？　確か内儀は『角屋』で女形役者の秀次郎と情事を繰り返していたのでは」

京之進は不思議そうにきいた。

「いや。私の調べでは、どうも内儀と秀次郎の関係は偽《いつわ》りのようだ。今、あの隠れ家の周辺を文七に聞き込みさせている。近くの住人が隠れ家を訪れる男を見かけている可能性があるのだ」

京之進は上擦った声で、

「しかし、友右衛門の詮議の際に、秀次郎以外に内儀の相手は登場していませんでした。それでは調べに手抜かりが」

「そうだ。吟味漏れだ」

京之進は言葉を失ったようだ。

「今戸の事件の下手人が友右衛門と言い切れるかどうか」

「青柳さま。まさか……」

京之進の顔は青ざめていた。

「まだ、はっきりしたことを言えないが、少なくとも友右衛門以外に下手人がいる可能性も出て来た」

「もし、それがほんとうなら無実の人間を獄門台に……」

京之進が息苦しそうに胸に手をやった。

「青柳さまのお言葉ですが、私には信じられません」

これが表沙汰になれば、大問題になる。ことに、友右衛門を捕まえた同心と吟味方の与力の両名の死活問題になる。

「まだ、そうだと決まったわけではない。ただ、もっと事件を調べてみる必要があったのは間違いない」

今の問題から目を逸らすように、

「それにしても、嘉平とおきみを殺した下手人はいったい何奴でしょうか」

と、京之進は話を移した。

「友右衛門に、江戸所払いになった友太郎という伜《せがれ》がいた。嘉平とおきみの前に現れた若い男とは、友太郎という可能性もある」

「友太郎が江戸に帰って来ていると?」

「友太郎の復讐がはじまったのかもしれない。もっとも、だからといって、友太郎のほうが正しいということではない。友太郎に一方的な思い込みがあるのかもしれない。ただ」

剣一郎は言葉を切り、不安げな京之進の顔を見つめ、

「復讐ということになれば、まだ犠牲者が出よう。おきみはお孝の相手を知っていたのだろう。おそらく、下手人はその相手の名を聞き出したはずだ」

「いったい、相手は誰でしょうか」

「わからない。いずれにしろ、友太郎を取り押さえるのだ」

はっ、と応じ、京之進は引き上げて行った。

翌日は非番だったので、剣一郎は朝から着流しに編笠の格好で組屋敷を出た。

行き先は日本橋久松町のお弓の住まいである。借金の形に、『田丸屋』の所有になった家らしい。

友太郎が帰って来た可能性は強い。お弓は知っているはずだ。

編笠をとり、お弓の家の戸を叩いてから開けた。土間に入ると、お弓が二階から下りてきた。

「青柳さま」

お弓の顔が一瞬強張った。が、すぐに表情を元に戻した。

「変わりはないか」

「はい。どうぞ、お上がりください」

「いや。ここでよい」

剣一郎は刀をはずし、上がり框に腰を下ろした。

お弓も近くに座った。

「友太郎から連絡はないか」

剣一郎はお弓の表情を見据えてきいた。

「いえ、ありません」

お弓は答えた。微かに、視線が泳いだような気がした。

「そうか。まだ、父親のことを知らないのだろうか」

剣一郎はためしにきく。

「青柳さま。もう、私たちのことはほうっておいていただけますか。ちゃんとしたお裁きがなされていたのならともかく、お奉行所に見放されたのですもの。兄が帰って来てもしょうがないですから」

お弓が険《けわ》しい目をした。

今さら、友右衛門に無実の可能性が出て来たなどと言えない。お弓はますます奉行所に対する恨みを募らせるだけだ。それより、今は嘉平、おきみ殺しのことだ。

「じつは、おきみという女が殺された」

「おきみ？」

「薬研堀の料理茶屋で働いていた女だ。どうやら、お孝と知り合いの可能性がある」

お弓が息を呑むのがわかった。

「今戸の寮の下男の嘉平が殺され、そのあとで、おきみが殺された。同じ下手人と思われる」

剣一郎はさらに続けた。

「どうやら友右衛門の事件に絡んでいるように思える。何か、心当たりはないか」

「いえ。私にはわかりません」

「ところで、お孝は深川の料理屋で働いていたということだったが、店の名前を知らないか」

「いえ、聞いたような気もしますが覚えておりません」

知っているのに教えたがらない。なんとなくそう思った。

「もし、友太郎が帰ってきたら知らせて欲しい。復讐などというばかげた考えを起こさなければよいのだが」

「復讐がばかげているでしょうか」

お弓が挑むような強い眼差しを向けた。

「父は無実の罪で殺されました。もう父の名誉は元に戻りません。父に汚名を着せた者たちに復讐することはやむにやまれぬことだと思います」

「それで、どうなる？　亡くなった友右衛門が喜ぶと思うか。それより、残された兄妹が力を合わせて力いっぱい生きて行くことこそ供養になるのではないか」

「それは関わりのない人間のお言葉です」

お弓は激した表情で言った。

「仮に」

剣一郎はじっと相手の顔を見つめ、

「仮に、友太郎が復讐を続けているとしたら、そなたはどうする？」

「もし、そうでしたら、私は兄の手助けをいたします」

「そうか」

気づかれぬように、剣一郎はため息をついた。

この兄妹は死をも恐れていないのかもしれない。

「邪魔した。また寄せてもらおう」

剣一郎は立ち上がってから、

「おつねという女中の姿が見えないが」

と、刀を腰に差してきいた。

「おつねは暇をとりました」

「暇を？」

「はい。故郷に帰りたいと言うので……」

ふとお弓は寂しそうな顔をした。

「おつねがいなくなって不自由ではないのか」

「いえ。なんとかひとりでやっています。それに」

お弓はきっとした目を向け、

「お隣が、いろいろ手助けをしてくれますので不自由はありません」

と、言い切った。

なんとなく、やりきれない思いで、剣一郎は土間を出た。

歩きはじめたとき、天水桶の横に隠れた人影を見た。女のようだった。

剣一郎がそのほうに行くと、女が飛び出して逃げるように去って行った。

「待て」

その女がおつねに思えて、剣一郎は追いかけた。

角を曲がったところで追いついた。

「なぜ、逃げる?」

「すみません」

「おつねだね」

「はい」

「お弓さんのところをやめて故郷に帰ったのではないのか」

「いえ」

並んで浜町河岸まで歩き、

「なぜ、やめたのかね」

と、剣一郎はきいた。

「やめたのではありません。やめさせられたのです」

「やめさせられた?」

「そうです。お嬢さまは私に三十両というお金をくれて故郷に帰るように言ったのです」

「なぜだ?」

「お嬢さまは私の顔を見るのもいやだと言いました。いっしょに暮らしていくのに耐えられないから出て行けと」

「そんなこと、あのお弓が言ったのか」

「でも、本心で言ったわけではありません。私にはわかります。私のためを思って心を鬼にして言ったのです。私にはそれがわかっています」

なぜ、そこまでしておつねを追い出したのか。

「私に暇を出すとき、強がりを言っていましたが、お嬢さまも陰で泣いておいででした。私はそんなお嬢さまが不憫《ふびん》で」

「それで、様子を窺いに行ったのか」

「はい。それと、お隣に、お嬢さまの面倒を見ていただくためにお金を置きに。いえ、もともとお嬢さまから過分に頂戴していたものですから」

おつねを追い出した理由に想像がついた。

友太郎が帰って来たからだ。復讐に向かって動き出したから、おつねに迷惑がかからないように早めに追い出したのであろう。

「友太郎が江戸に帰って来た形跡はないか」

「えっ、若旦那がですか」

「いつかお弓のところに顔を出すかもしれない。もし、それを見届けたら屋敷まで知らせて欲しい。八丁堀で訊ねれば屋敷はわかるはずだ」

「わかりました」

再び、お弓の隣家に向かうおつねを呼び止めた。

「お孝が以前に働いていた料理茶屋がどこか知らないか」

「確か、深川仲町にある『花里』という名前だったと思います」

「ほう、どうして知っているのだ?」

「若旦那がそう言っていたのを覚えています。あの頃、若旦那はその『花里』に行き、新しい内儀さんのことを調べておりましたから」

「深川仲町にある『花里』だな」

「はい。それでは」

おつねと別れ、剣一郎は久松町から芝居町、小網《こあみ》町を抜けて永代橋を渡った。

柿の実は赤らんで、空気は澄み渡っていた。事件が起きたときは初夏だったが、もう仲秋へと季節は変わった。

やがて、一の鳥居をくぐって門前仲町にやって来た。

『花里』は黒板塀の大きな料理屋で、裏口は堀に面して船から乗り入れることが出来た。まだ、夕暮れ前だというのに酒宴が開かれているらしく、三味線や太鼓の音に混じってにぎやかな笑い声が聞こえてきた。

剣一郎は女将に会い、お孝とおきみがいっしょに働いていたこと、ふたりは仲がよかったこと、そしておきみはお孝が『田丸屋』の内儀に収まった半年後に店をしくじってやめて行ったことを聞いた。

「おきみはどんなしくじりをやったのだ」

「男ですよ。ふたりの客のお互いと付き合って、あげく客同士でお店で喧嘩にまで発展してしまいましてね。それでやめてもらったんですよ」

「お孝が働いていた頃、お孝に執心だった客を教えてもらえまいか」

「旦那。それればかしは勘弁してくださいな。こういう商売ですから、お客のことをいうのを差し控えさせてくださいませんか」

「うむ。女将の言うことはもっともだ」

剣一郎もはじめから期待していたわけではない。

お孝に間夫がいたとしても後添いに入る前からの付き合いか、『田丸屋』の内儀になったあとで出会ったのかはわからないのだ。

邪魔をしたと、剣一郎は門を出て、編笠を被った。そして、いくらも歩かないうちに、向こうからやって来た町駕籠とすれ違った。

なにげなく、剣一郎は振り返った。駕籠は『花里』の前で止まった。駕籠から下りた男に見覚えがあった。誰だったかと思い出していると、あっと剣一郎は気がついた。

『大坂屋』の主人だ。

あの男もここの常連だったのかと、剣一郎はそのことを考えていた。

第三章　襲撃

一

剣一郎が例繰方の部屋で『御仕置裁許帳』を調べていると、伜の剣之助がやって来て敷居の前で跪《ひざまず》いた。

「あの、青柳さま」

少し恥ずかしそうに、剣之助が呼びかけた。仕事上では父でもなければ子でもない。

「なんだね」

「吟味方の浦瀬和三朗さまが手が空いたときお出《い》で願いたいと仰《おつしや》っておりますが」

「わかった。後ほど、お伺《うかが》いすると伝えてくれ」

「畏《かしこ》まりました」

剣之助は去って行った。

たくましくなった剣之助を見送ったあと、さてはあのことかと思った。

『御仕置裁許帳』の整理はすでに終わっているが、しばらく剣一郎は考えを巡らせた。ことは重大である。

もともと剣一郎はお弓に対して友右衛門の罪の証拠を見つけようとしたのだ。だが、調べているうちに、友右衛門が何者かにはめられた可能性を見つけた。

事件の真相が別にあると考え、それを調べ出した。それは、浦瀬和三朗の吟味を否定し、ある意味では浦瀬和三朗を追い込んで行くことと同じになる。

意を決して、剣一郎は立ち上がった。

吟味方の部屋に行くと、浦瀬和三朗がすぐに立ち上がって、剣一郎を別の部屋に連れて行った。

剣一郎が部屋に入ると、公用人の長谷川四郎兵衛が待っていた。

「青柳どの。そこに」

浦瀬和三朗が指示し、自身は長谷川四郎兵衛の横に並んだ。まるで、ふたりが剣一郎を尋問するかのようであった。

剣一郎は腰を下ろし、長谷川四郎兵衛と浦瀬和三朗とに辞儀をした。

「青柳どの」

まず、長谷川四郎兵衛が口をきいた。

「はっ」

「奇妙な事件が起きたようだが」

浦瀬和三朗は黙ったまま射すくめるような鋭い目を剣一郎に向けている。

「嘉平とおきみのことでしょうか」

「そうだ」

長谷川四郎兵衛は言い、

「青柳どのも探索に関わっておられるのか」

と、訊ねた。

「いえ、違います」

剣一郎がさっきまで迷っていたのは正直に言うべきか否《いな》かであった。だが、まだ事件はこの先も続くに違いないことを考えたらすべてを言うべきだという結論に達していた。

しかし、まさか長谷川四郎兵衛がいっしょだったとは考えていなかったので、また迷った。

だが、やはり奉行所としても早い対処が必要になるであろうと、剣一郎は改めて正直に言う決心をした。

「私は、『田丸屋』の娘お弓が父親の無実を疑っておらず、無実のまま獄門台に送られたと思い込んでいることを知り、友右衛門がやはり真の下手人であるという証拠をお弓に示してやりたくて関係者を訪ねたのであります。それで、まず下男の嘉平を訪ねました。ところが、嘉平はすでに殺されておりました」

浦瀬は身動《みじろ》ぎせずに剣一郎の顔を見つめている。

「次に、念のために、秀次郎を調べると、どうやら秀次郎と『田丸屋』の内儀の付き合いは偽装らしいことがわかりました」

浦瀬の表情が動いた。

剣一郎は構わず続ける。

「秀次郎には琴弥という芸者がおりました。さらに、『田丸屋』の内儀と秀次郎が情事を重ねていたとされる芝居茶屋に行ってみたところ」

剣一郎はおきみの借りていた一軒家のことを話し、おきみとお孝はふたりが深川仲町の『花里』という料理茶屋で酌婦をしているときの朋輩だということを話した。

「こうなると、もはやお孝には秀次郎以外の間夫がいたと考える他はありません。その間夫のことを聞き出すためにおきみを訪ねたところ、数日前から姿を晦《くら》ましており、あげく先日死体で発見されたのです」

長谷川四郎兵衛は不快そうな顔をした。

浦瀬和三朗が鳴らした扇子を閉じる音が静かな部屋に響いた。

「青柳どの」

長谷川四郎兵衛が声音を変えた。

「先の吟味に過ちがあったと言うのか」

こめかみに青筋が立っている。

「まだはっきりしたことは申しあげられません。ただ、その可能性もあると……」

「何を言うか、青柳どの。おぬしは今、何を言っているのかわかっておるのか」

四郎兵衛の頰が痙攣《けいれん》している。

「はっ？　どういうことでございましょうか」

「お裁きに過ちがあるはずはない。あってはならないのだ。青柳どのは、何か心得違いをしてはいまいか」

「心得違い？」

「さよう。田丸屋友右衛門には公平なお裁きの結果、あのような刑が下ったのだ。青柳どのがそのような世迷《よま》い言を真に受けるとは何事でござるか」

「しかし、下手人が友右衛門に間違いなかったとしても、まだお調べのついていないところがあるのです」

「青柳どの」

腹の底から押し出したような声で、浦瀬和三朗が口を開いた。

「おそらく、嘉平とおきみを殺害したのは友右衛門の伜友太郎であろう。父親が無実と思い込んだ上の逆恨みの犯行とみた」

「浦瀬どのは友太郎をご存じなのですか」

剣一郎は意外そうにきいた。

「一年ほど前、喧嘩で相手に大怪我を負わせた友太郎の吟味をしたのは私だ」

そうか、友太郎が江戸所払いになった事件は浦瀬和三朗の吟味だったのか。

「友太郎は自分の裁きにも不満を持っていた。その裁きをした吟味方与力が父親の裁きもした。そのことで、逆恨みをしているのだ」

浦瀬和三朗が落ち着いた声で言うと、すぐに長谷川四郎兵衛が引き取って、

「青柳どの。事件の真相はそういうことだ。友太郎の人相書きを配り、手配することにした。そう心得よ」

「なんと」

また同じ過ちを繰り返す恐れがあると言いかけたが、言っても無駄だと思った。

「それから、友太郎は妹のお弓のところに現れる可能性がある。そこで、久松町のお弓の家を見張らせることにした。場合によっては、お弓をとらえることもやぶさかではない」

剣一郎は膝に置いた握り拳に力を込めた。

「よいか。勝手な真似は慎まれよ」

長谷川四郎兵衛は口許を歪《ゆが》めて言い、立ち上がった。

ふたりが出て行ったあとも、剣一郎は憤然としてすぐに立ち上がることが出来なかった。同じ過ちを繰り返そうとしている。そう思ったが、それを押さえるべき証拠がないのが無念だった。

確かに、嘉平とおきみを殺したのは友太郎の可能性がある。だが、友太郎が犯行を企てたのは誤った裁きが背景にあるのだ。それを逆恨みと一言で片づけてしまっていいのか。

だが、今はそのことを問題にしている場合ではない。この間にも、友太郎は復讐を続けるつもりだ。

友太郎が次に狙うのは誰か。

おそらく、友太郎はおきみからお孝と親しかった男の名を聞き出したはずだ。それは誰か。

剣一郎の脳裏を、仲町の『花里』の門前で見かけた大坂屋の顔が過《よぎ》った。

大坂屋はお弓を我が手に入れようとしている。そのために、『田丸屋』の番頭吉助を引き抜いたのだ。あの事件があって以来、『田丸屋』の得意先は『大坂屋』に逃げて行ったという。

そこに大坂屋惣五郎の手がまわったのかどうかわからない。しかし、あの事件でもっとも利益を得た、あるいは得ようとしているのは大坂屋かもしれない。

友太郎が狙うのは大坂屋かもしれない。そこまで考えて、剣一郎はようやく立ち上がった。

時間が恐ろしいほどゆっくり流れ、じれったいような奉行所での一日が終わり、剣一郎は急いで屋敷に戻った。

「出かける」

剣一郎は着替えを手伝う多恵に言った。

多恵は何も言わなかった。が、口にこそ出さないが、多恵は剣一郎が今どんな苦難に直面しているかを察しているはずだ。

娘のるいが寂しそうな目をして出かける支度を見守っていた。剣一郎はるいに微笑みかけた。るいも微笑みを返した。

「るい。十五夜には月見をしよう。母上といっしょにお団子をつくるんだぞ」

「はい。楽しみにしております」

るいはうれしそうに言い、玄関まで見送りに出て、

「父上。気をつけて行ってらっしゃいませ」

と、明るい声で言った。

その声に見送られて、剣一郎は屋敷を一歩出て編笠をかぶると、もう顔つきは厳しいものに変わっていた。

日本橋川を江戸橋で渡り、まっすぐ堀沿いを行く。

やがて大伝馬町一丁目にある木綿問屋の『大坂屋』の前にやって来た。店先に、大八車が止まっている。山のように積んだ荷は、さらし木綿あるいは麻や綿織物などの太物《ふともの》であろう。

客の出入りが多く、繁盛していることを窺わせた。

もし、お孝の相手が大坂屋だとしたら、お孝は大坂屋に千両もの金を貢いでいたこ

とになる。その金が店の繁盛に役立ったことになるのだろうか。

番頭に声をかけ、大坂屋を呼んでもらった。

しばらくして、三十半ばと思える脂ぎった顔の男が出て来た。

「大坂屋惣五郎でございます」

大坂屋はにこやかな顔つきで挨拶をした。

「私は南町……」

言いかけたが、大坂屋はそれを押し止めるように、

「青柳剣一郎さま」

と、先回りをして言った。

「失礼ながら、その頬の青痣。名高い青痣与力と推察出来ます」

大坂屋は如才ない。

「少し話があるのだが」

剣一郎が言うと、大坂屋は真顔になり、

「では、こちらへ」

と、自ら先に立って客間に通した。

大きな屋敷だ。廊下も磨かれていて、内所の豊かさが窺える。

客間の床の間にかかっている山水画の掛け軸も値の張るものだとわかった。お孝が貢いだ金はこういう贅沢に使われたのだろうか。

女中が茶を出して去ってから、剣一郎は切り出した。

「さっそくだが、大坂屋。話とは『田丸屋』の内儀お孝のことだ」

「お孝さんのこと？　はて、それはどんなことでしょうか」

大坂屋は訝しげにきいた。

「お孝が仲町の『花里』で酌婦として働いていた頃のことだ。その頃、そなたもお孝を知っていたな」

「はい。私もよく『花里』は使っておりましたから」

大坂屋は悪びれずに答える。

「そこにおきみという女がいたが覚えているか」

「はい。存じあげております。お孝さんとは仲がよかったと記憶しておりますが」

剣一郎は表情の変化を見逃すまいと大坂屋をじっと見つめ、

「あの頃、お孝に親しかった男がいたかどうか知らないか」

と、きいた。

「親しい男ですか。さあ、そこまでは知りません。まあ、ああいう店で働いている女ですから、いろいろあったろうと思いますが、私の知っている限りでは、お孝さんは身持ちの固い女で通っていました」

大坂屋がとぼけているかどうかはわからない。

「お孝は身持ちの固い女で通っていたというのはほんとうか」

「はい。ほんとうでございます。そんなところを田丸屋さんは気にいったのではないでしょうか」

「その頃から芝居好きだったのか」

「いえ。そういう話は聞いたことがございません」

「すると、田丸屋友右衛門の後添いになってから、芝居見物をするようになったというわけか」

「さようでございますね。女というのはまことにわからないもので」

大坂屋は苦笑して言う。

「そのほうはお孝に対してはどう思っていたんだな」

「私は別に。いい女だとは思っておりましたが、所詮酌婦ですから」

「あの『花里』は他にどんな客が来ていたかわかるか」

「いろいろな御方がお見えだったようです。いちいち気にしませんので、わかりかねますが」

大坂屋は当たり障《さわ》りのないように答えた。

「ところで、そなたは『田丸屋』の娘のお弓に目をつけているようだが」

剣一郎はさりげなくきいた。

「目をつけるなどとはとんでもございません。『田丸屋』があんなことになって困っているだろうから、少しでも手を差し伸べてやりたいと思っただけです」

「番頭を引き抜き、その番頭に、お弓の説得に向かわせたのか」

「歳は離れておりますが、私も独り身。お弓さんがその気になってくれれば、『田丸屋』を復興させることが出来る。そう思ったのです」

「しかし、『田丸屋』の看板は出せまい。主人が獄門になっているのだからな」

「それはそうでございますが、それでもお弓さんがお店を切り盛りするようになれば、たとえ看板が変わっても友右衛門さんも喜ぶのではないかと思います」

大坂屋は堂々と答えた。

剣一郎はわざと困ったような顔つきになって、

「大坂屋。じつはお孝と女形《おやま》の秀次郎殺しについて妙なことになっているのだ」

「妙なことと言いますと」

大坂屋が少し身を乗り出した。

「あの事件の犯人として友右衛門が処刑された。だが、それだけで終わったわけではないのだ」

「どういうことでございましょうか」

はじめて大坂屋は表情を曇らせた。

「まず、下男の嘉平が殺され、つぎにおきみが殺された。いずれも、あの事件に関わりのある者だ」

「なぜ、そのような話を私に?」

「事件の周辺にいる者が殺されている。万が一のことがある。ひとりでの外出はなるたけ控えよ」

剣一郎は注意を与えた。

「青柳さま。私はあの事件に関わりはありません」

大坂屋は声を高めた。

「念のためだ。友右衛門に罠を仕掛けたのはそなただと思い込んでいるかもしれない」

大坂屋の表情が一瞬警戒したように強張った。

「なぜ、でございますか。なぜ、私が疑われなければならないのでしょうか」

『田丸屋』の件で、利を得たのは誰だ？　番頭を引き抜いて『田丸屋』を立ち行かなくさせ、その上、お弓を我が物にしようとしている。そのように見えるかもしれない」

「待ってください。それはあまりに理不尽というもの」

「理不尽であろうがなかろうが、そう思われてもしかたない状況にある。もちろん、八丁堀はそなたのことを微塵《みじん》も疑いはしていない。しかし、相手が一方的に思い込む可能性があるのだ」

しばらく庭に向けていた顔をふいに戻してから、

「友太郎でございますね。『田丸屋』の友太郎が江戸に帰って来ているのですね」

と、大坂屋は身を乗り出してきいた。

「その証拠はない。あくまでも状況から判断したことだ」

「いえ。わかります。友太郎だとしたら、青柳さまの仰ることがよくわかります。そう疑われてもしかたないかもしれません。しかし、私は先の事件とは関係ありません」

大坂屋はきっぱりと言うが、果たして真実の言葉であるかどうか、判断がつきかねた。

芝居茶屋『角屋』の裏手にある隠れ家でお孝が会っていた男が誰だったか。文七の調べを待つしかなかった。

「ともかく、気をつけるように」

そう言い残して、剣一郎は『大坂屋』を出た。

外に出ると、たくさんのひとが往き来している。職人や煙草売りが若い男だと、剣一郎は無意識のうちに鋭い目を向けていた。この往来するひとの中に、『大坂屋』を見張っている友太郎がいるような気がしてならなかった。

二

八月十五日。きょうは仲秋の名月だ。そして、深川の富岡八幡宮の祭礼だった。菩提寺が深川にあることもあって、父は八幡宮の祭礼には必ず兄とお弓を伴い、深川に行ったものだ。

八幡宮ではこの日、放生会《ほうじようえ》が開かれる。捕らえておいた魚や鳥などの生き物を、故人の冥福を祈って放すのだ。

その放生会に行くつもりで家を出たが、お弓ははっとした。念のために路地の反対側に行ってみたら、やはり男が立っている。

もう一度、表に出た。一目で町方とわかる。すると、向こうから着流しの同心がやって来た。内野佐之助という父を捕まえた同心だ。

急いで家に戻って戸を閉めた。心の臓がどきどきしている。

兄を張っているのだ。やはり、兄に疑いの目が向いたのだ。それは予想のついたことだが、こうも早く目をつけられるとは……。

おきみという女から兄は大坂屋の名前を聞いた。それで、兄は証拠を探し、大坂屋に間違いないとわかれば、復讐を果たす。

ただ、大坂屋を殺しただけでは父の汚名は晴れない。大坂屋が真犯人であるという証拠をつかんではじめて大坂屋を殺す。兄はそのあとで自首し、犯行を自白し、そこで父の無実を訴えることにしていたのだ。

大坂屋を殺る《や》前に、または証拠をつかむ前に捕まってしまったらすべてが水泡に帰す。

（なんとか兄さんに知らせなければ）

お弓は焦《あせ》った。お弓に連絡をとるために不用意にこの家に近づけば、たちまち捕縛されてしまう。

戸が叩かれた。お弓は身構えて入口を見た。

戸が開き、内野佐之助が現れた。

「お弓。久しぶりだな」

内野佐之助は厳しい顔つきで入って来た。

「おや、どこかへ出かけるところだったのか」

外出の支度を見て、内野佐之助は探るような目を向けた。

「御用はなんでしょうか」

お弓はきっと相手を睨み付けた。父を捕まえ、獄門台に送った人間のひとりである。

「友太郎はどこにいる？」

「どういうことでしょうか」

「友太郎が帰って来ているはずだ」

「知りません」

「とぼけるな。友太郎は江戸に舞い戻っているのだろう」

「兄には会っていません」

「まあよい。友太郎が現れたら必ず知らせるんだ。そうじゃなければ、おめえも同罪だ。なにしろ、友太郎はお尋ね者だからな」

「お尋ね者?」

「そうだ。友太郎は江戸所払いの身でありながら、江戸に舞い戻ってすでにふたりの人間を殺《あや》めている」

「兄が殺ったという証拠があるのですか」

「ある。嘉平もおきみも若い男が訪ねて来ていた。その男が友太郎だ。へたに隠し立てすれば、おめえも同罪だ。わかったな」

内野佐之助は戸口の前で、ふと思い出したように立ち止まり、

「そうそう、こいつを置いていこう」

と、懐から紙切れを出した。

上がり框にそれを置いて、内野佐之助は出て行った。

お弓はその紙切れをとって広げた。

(これは……)

息が詰まりそうになった。手配書だ。兄の顔がはっきりと描かれていた。

お弓は深川に出かける気力を失った。

午後になって、お弓は通りに出てみた。やはり、町角や天水桶の裏などに町方らしき男がいるのがわかった。

そのまま足を進めると、あとをつけてくる男に気づいた。お弓もずっと見張られているのだ。

お弓は仏具店で線香を買い、家に戻った。

お弓は仏壇の前に座り、灯明を点け、線香を立てた。

(おとっつあん。どうか、兄さんをお守りください。おっかさん。事が済んだら、そっちに行きますからね)

父の無実が晴れたとしても兄の罪は消えない。兄が死罪になるのは間違いないだろう。お弓とて、生きていくつもりはない。兄が死罪になるなら、自分も喉を搔っ切って果てるつもりだった。

夕方になって、隣のおとしが夕飯の惣菜とともに団子を持って来てくれた。

「きょう、お月見だから作ったのよ」

団子の皿の横に芒《すすき》が添えられていた。

「おとしさん。いつもすみません」

「いいんですよ」

「あっ、ちょっと待って」

お弓は後ろ向きになって懐からお金を取り出し、懐紙に包んで、

「いつも散財させてしまって。少ないのですが、これを」

「とんでもありませんよ」

おとしは押し返した。

「でも、毎日、食事の支度をしていただいて。私の気がすみませんから」

「いいんです」

「でも」

そんなやりとりをしていると、おとしは困ったような顔になって、

「口止めされていたんですけど、じつは、おつねさんからお金を戴いているのですよ」

「やっぱり、おつねが」

「はい。ときたま私の所に顔を出して、お金を置いて行ってくれます。そのお金でやっていることですから、気にしないで」

おとしが引き上げたあと、お弓は深いため息をついた。

(おつね。あなたは故郷に帰らなかったのね)

おつねが遠くから私を見守ってくれていたのだと、お弓は胸が熱くなった。

夜が更けてきて、お弓は物干台に出て見た。

満月が煌々《こうこう》と光を放っていた。その光に吸い込まれて行きそうになる。今、兄はどこでこの月を見ているのだろうか。

ふと、目を下に転じたとき、路地が見えた。そこに黒い影がじっとしているのがわかった。

徹夜で見張るつもりなのだ。町方の激しい意気込みが感じられる。こんなところにのこのことやってきたらまるで自ら網の中に入るようなものだ。

どうしても兄に知らせたい。だが、兄に連絡をとる手段は何もないのだ。いや、仮に、このまま兄が捕まらなくとも、もう兄が大坂屋を討つことは難しくなったかもしれない。

ふとんに入ったがなかなか寝つけず、何度も寝返りを打った。

ふと、何かが聞こえた。お弓は耳を澄ました。叫び声のようだ。お弓は飛び起きた。

叫び声が遠ざかった。お弓は窓から外を見た。町方の影が見えない。さっきの騒ぎは兄が現れたのだろうか。

翌日の朝、お弓が井戸に行くと、町方の者が見張っていた。ゆうべの騒ぎは兄を追ったものではなかったようだ。

朝食をとって、しばらくしてから戸障子を叩くものがあった。女の声だ。

お弓が返事をすると、戸障子が開いて、見知らぬ女が入って来た。手に小さな風呂敷包を持っていた。

女は入って来て、急に声を潜めた。

「お弓さんですね。あたしは人形町通りにある小間物屋の女房です。ご注文の品をお持ちいたしました」

「私、注文など」

「いえ。友太郎さんから頼まれました」

「えっ、兄さんから」

「はい。明日の昼九つ（十二時）、菩提寺の墓で、ということでした」

「菩提寺ですね」

「確かにお伝えしました。この扇子、置いて行きます。お代はいただいています」

女房は土間を出て行った。

兄は近くまで来て、町方が張っているのに気づいたのに違いない。

翌日、お弓は辻駕籠を拾い、菩提寺のある深川に向かった。

町方がつけて来ていることは知っている。だが、お弓は気にしないで駕籠に乗った。

町方に何か問われたら、墓参りだと言えばいい。

駕籠は永代橋を渡った。負けない。こんな理不尽な世の中に負けるものかと、お弓は駕籠に揺られながらつい弱音を吐きそうになる心を叱《しか》った。

駕籠は仙台堀沿いを行く。海辺橋に出て左に曲がった。やがて、寺の並んでいる一帯に出た。

その中に、『田丸屋』の菩提寺があった。

山門の前で駕籠を下り、お弓は目の前にある花屋で花と線香を買い求めた。ふと目をやると、町方の目がこっちに注がれているのがわかった。

しかし、寺内は寺社奉行の管轄であり、町奉行所の手が及ばないところだ。兄がここを選んだのは賢明だったと言える。

兄はすでにこの境内《けいだい》に入り込んでいるのかもしれない。辺りに目を配りながら、お弓はゆっくり山門をくぐった。

どこかの家の葬式をやっていて、本堂から読経の声が流れていた。

兄はきょうここで葬式があることを知っていたのかもしれない。そう思いながら、お弓は桶を持ち、本堂の奥にある墓地に向かった。

墓石の間を縫い、『田丸屋』先祖代々の墓の前に立った。

斬首のため下げ渡されなかったので、父の亡骸はここに埋葬することは出来なかった。だが、お弓は父もここに眠っているのだと思った。

兄はいない。花を手向け、線香を上げた。こめかみに感じる視線は町方のものに違いない。

お弓は時間をかけてお参りをしたが、兄はまだやって来なかった。町方の手配を察して、兄は近づけないのだ。今やって来たら、町方の網の中に紛れ込むようなものだ。

長い時間をかけてお参りをし、お弓は墓の前から離れた。

本堂のほうに戻って来ると、出棺なのか、本堂前の玉砂利の上に数珠《じゅず》を手にしたたくさんの喪服のひとが出て来た。

その人ごみの中に、お弓は巻き込まれた。いや傍によって来た男に手を引っ張られて人ごみの中に紛れ込んでしまったのだ。手をとられながら、その男が兄だとわかった。兄はこの葬式のひとの群れを利用しようとしたのだ。

「兄さん」

「お弓。はっきりした証拠がつかめねえうちに、俺は自由に動きまわれなくなった。こうなったら、大坂屋を殺る。おめえに頼みがある。俺に代わって、俺が大怪我をさせた男を探し出してくれ」

「その男が何か」

「下男の嘉平のところに顔を出していた人相のよくない男というのは、俺が大怪我をさせた男だったのだ」

「じゃあ、そのときのことを恨みに思って?」

「いや、違う。今から考えると、あの男は俺が『田丸屋』の友太郎と知って喧嘩を吹っ掛けてきたように思えてならねえ。いいか。確か才蔵《さいぞう》という名だった」

「才蔵ね」

「たぶん、その男も大坂屋の仲間だ。その男と大坂屋は繫《つな》がっているはずだ。俺は大坂屋を殺ったあと自首する。そして、その男のことを訴える」

「わかったわ」

「また何らかの手段で連絡するから」

兄はさっと離れた。お弓はひとの輪から離れた。

山門に向かいかけて、お弓はあっと声を上げた。お弓はいきなり岡っ引きらに取り囲まれたのだ。

「友太郎はどこだ?」

花川戸の安五郎だ。

「知りません」

「嘘を言うな」

他の連中が奥に向かった。葬式の参列者から悲鳴が上がった。ひとりひとり顔を調べて行っているのだ。

管轄外の境内に町方が踏み込んだ。雲海《うんかい》和尚が立ちふさがっているのが見えた。祖父の代から懇意《こんい》にしている和尚だ。

だが、安五郎はしつこく食い下がっている。おそらく、この寺をたくさんの町方が取り囲んでいるに違いない。

お弓は山門の横で動きを封じられていた。

しばらくして、同心の内野佐之助がやって来た。

「友太郎はどこに行ったんだ?」

「知りません。私はお墓参りに来ただけです」

「嘘をついてもだめだ。友太郎がおまえにここで落ち合うように文を渡したはずだ」

「違います。私は兄とは会っていません」

やはり、あの小間物屋の女房が岡っ引きに話したとしか思えない。

不安を抑えながら、お弓は捜索の行方を見守った。まだ、兄は見つかっていないようだった。

「旦那。いません」

駆け寄った安五郎が言う。

「そんなはずはない。この寺から一歩も外に出ていないはずだ」

兄はどこに隠れたのか。

「みつかりません」

別の岡っ引きがやって来て内野佐之助に報告する。

「あなた方は兄を見たのですか」

お弓は思い切ってきいた。

「見たさ。だから、踏み込んだのだ」

安五郎が忌《い》ま忌ましげに言う。

「ほんとうに兄だったのですか。それなら兄はいるはずではないですか」

また新たな手下がやって来た。

「庫裏《くり》にもどこにもいません」

「墓地は探したのか」

「探しました」

内野佐之助が舌打ちした。

「正直に言います。確かに、昨日、文が来ました。私は兄に会えるかと思ってここにやって来ました。でも、兄は来ませんでした。その理由がわかりました。こんなにお役人さんがいたんじゃ兄も近寄れなかったはずです」

ふと、内野佐之助の目が光った。

その視線の先を追うと、本堂の奥に棺桶が見えた。お弓の全身が硬直した。お弓も、兄が棺桶の中に身を隠したのではないかと考えたからだ。

内野佐之助が歩き出した。止めなければとお弓は焦った。だが、地べたに吸いついたように足が動かなかった。

本堂の梯子段を上がり、内野佐之助が内陣に入った。お弓は悲鳴を上げそうになった。

堂内は暗く、お弓から見えない。そこで何が起こったのか。固唾《かたず》を呑んで見守っていると、内野佐之助が戻って来た。

内野佐之助はそのまま山門を出て行った。岡っ引きたちもあとに続いた。

先導の雲海和尚の読経の声が聞こえた。やがて棺桶が親族によって運び出されてきた。墓地に埋葬するのだ。

棺桶のあとから親族が続く。その中のひとりが振り向いた。あっと、お弓は目を見張った。兄だった。

さっき素早く棺桶の中に隠れ、そしてすぐに棺桶から飛び出して親族の中に紛れ込んだのに違いない。ひとりで出来ることではない。

雲海和尚だ。雲海和尚が兄を助けてくれたのだ。お弓は和尚に向かって深々と頭を下げた。

お弓は山門を出た。そして、あっと小さく叫んだ。まだ、町方が寺を囲んでいたのだ。引き上げる気配はなかった。

ふと内野佐之助と目が合った。その目が笑っているように思えた。足が竦《すく》んだ。兄は寺から出られない。お弓はよろけそうになる体を必死に踏ん張っていた。

三

翌朝、奉行所に出仕した剣一郎は同心部屋から出て来た内野佐之助と出会った。

「きのう、友太郎は現れたのか」

剣一郎は確かめた。

きのうの昼間、奉行所から物々しく小者が飛び出して行った。友太郎捕縛のためだと言うことだった。だが、友太郎を捕まえたという知らせは入ってこなかった。

「いえ。現れたと思います。ですが、寺内のことゆえ、捜索が思うように行きませんでした」

内野佐之助はきのうの様子を話してから、

「おそらく、まだ寺内にいると思われます。捜索を出来るよう寺社奉行にお願いをしていただいております」

「寺社奉行に？」

「はい。寺内を隅々まで捜索すれば必ず友太郎を見つけ出せると思います。それ以前に出て来れば、寺のまわりを固めておりますから直ちに捕らえられるはずです」

内野佐之助は自信に満ちた顔で言った。

「それは上々」

そう言って内野佐之助と別れたが、剣一郎は友太郎はまだ寺にいるのだと確信した。

見張りがいるために寺から出られないでいるのだ。いつまでも寺内に隠れているわけにはいくまい。焦《じ》れて出て行ったら、あっさり取り押さえられることは目に見えている。

なんとか友太郎と会わなければならない。

寺社奉行の許しが出れば、内野佐之助たちは寺内に踏み込むだろう。その前になんとかしなければならない。

午後になって風が強まった。きょうの町廻りは礒島源太郎と只野平四郎のふたりの同心が出かけている。

剣一郎はじっと我慢の一日を過ごし、退出時間になって帰途についた。

きょうも剣一郎は屋敷に戻って着替え終えると、多恵とるいの見送りを受けて、そのまま外に出た。

一昨日の仲秋の名月には縁側に小机を置き、団子と神酒《みき》、そして芒《すすき》を花瓶に挿《さ》して飾り、月を見ながら家族で酒宴を行った。満足そうなるいの顔が脳裏に残っている。

しかし、八丁堀を過ぎた頃には剣一郎の顔は厳しいものに変わっていた。

日本橋久松町のお弓の家に近づくと、ここにも見張りが立っていた。友太郎は寺内にいると思いつつ、万が一に備えているのだろう。

お弓の家を訪れたが、お弓は留守だった。

外に出ると、見張っていた岡っ引きの手下に近づき、

「お弓は出かけたのか」

と、きいた。

「へい。昼過ぎに出かけました。もちろん、あとをつけておりますから心配いりません」

「まだ友太郎が見つかったという連絡はないんだな」

「ありません」

剣一郎は編笠をかぶって引き上げ、それから途中の船宿で船を雇い、仙台堀川の海辺橋まで行ってもらった。

そろそろ夕暮れてきた。川岸の料理屋の提灯にも明かりが灯った。寺に着いたときはすっかり暗くなっていた。暮六つ（六時）を告げる八幡さまの鐘の音が聞こえて来た。

山門の前に行くと、あわただしい雰囲気と緊張感が漂っていた。指揮をとっている内野佐之助に声をかけた。

「どうした、何かあったのか」

「はい。たった今、寺社奉行の許可がおりたという知らせを受けました。ただし、捕縛するのは友太郎だけです」

住職や他の僧が匿《かくま》っていたとしても、そこまで手が出せないということだろう。しかし、内野佐之助にとっては友太郎だけが狙いなのだ。それだけで十分だ。

裏門や乗り越えられそうな塀の傍にも捕方を配置し、万全な形で、内野佐之助は手下を連れて山門を潜って行った。

剣一郎はただ手を拱《こまね》いているしかなかった。

寺内は静かだった。四半刻（三十分）ほどして、内野佐之助が苦い顔をして出て来た。

「どうだったのだ？」

「友太郎はおりませんでした」

「いなかった?」

少し安堵したが、そのことは顔に出さず、

「では、いつ寺を出たのだろうか」

と、剣一郎はきいた。

「わかりません」

内野佐之助は悔しそうに口許を歪めた。

「友太郎が確かに寺内にいたのなら出て行くのはおかしい。まだ中にいるのではないか」

「庫裏と本堂を調べましたが、どこにもおりませんでした」

「寺の者に迷惑がかかるような場所には隠れていないはずだ。納屋とか……」

そのとき、裏手のほうから叫び声が聞こえた。

「いたぞ」

すぐさま内野佐之助が声のほうに駆け出した。

土塀をまわり、剣一郎もかけつけると、当て身を食らったのか手下のひとりが腹を押さえながら、

「隣の寺の塀をよじ登って逃げた」

と、呻《うめ》きながら言った。

呼子が鳴り響いた。


翌十九日の夜。深川仲町の料理茶屋『花里』の門前に駕籠が二台止まった。

「旦那。出て来ました」

文七が抑えた声を出した。剣一郎は深編笠を上げた。

大坂屋が恰幅《かっぷく》のよい年寄りといっしょに出て来た。その後ろに女将と芸妓がふたり続いていた。

年寄りは上機嫌で駕籠に乗り込んだ。得意先の接待だと、大坂屋から聞いていた。先の駕籠が出発したあと、大坂屋はもう一台の駕籠に向かった。大坂屋に供はいない。友太郎の襲撃を恐れていない豪気さを持っている。

女将と芸妓に見送られて、大坂屋を乗せた駕籠が出発した。

一の鳥居を潜《くぐ》り、熊井《くまい》町を過ぎて、永代橋に近づくと、辺りは暗くなってきた。友太郎が襲うとすれば、この辺りかもしれない。

ゆうべ、結局、友太郎に寺から逃げられたのだ。寺から逃げた友太郎を追ったが、途中で見失ったということだった。

逃げ果《おお》せた友太郎は一刻の猶予もないと思ったはずだ。だから、早く大坂屋を殺ろうとする、と剣一郎は読んだ。

まだ、奉行所の連中は友太郎が大坂屋を狙っていることに気づいていないはずだ。

もっとも剣一郎とて、はっきりそうだと確信があるわけではない。ただ、その可能性があると踏んでいるだけだ。

ともかく、友太郎にはこれ以上の罪を犯させてはならず、また内野佐之助たちより先に友太郎を捕まえなくてはならない。

いよいよ駕籠が永代橋に差しかかったと思う頃、ふと佐賀町の土手のほうから悲鳴が聞こえた。

剣一郎が立ち止まったとき、あわてて駆けて来る女がいた。手拭いを頭からかぶっている。が、唇の横に黒子《ほくろ》があるのに気づいた。

「助けてください。辻斬りです」

「辻斬りだと」

文七に目顔で駕籠を追うように言い、剣一郎は女の指さすほうに走った。

土手のくらがりに黒の着流しに黒い覆面をした侍が抜き身を手にしたまま立ってい

た。

「失礼だが、そのように覆面で面体を隠し、何をしている？」

覆面の侍は無言で間合いを詰めてきた。

背の高さも体つきも剣一郎によく似ていた。肩から胸にかけての筋肉の盛り上がり方もそっくりのようだ。まるで自分の影と対峙しているような不思議な感覚にとらわれた。

剣一郎は山城守国清銘の新刀上作の剣の鯉口を切り、柄に手をやった。その刹那《せつな》、相手が素早い動きで、下げた剣をいきなり横に薙《な》いできた。

飛び退きながら剣一郎は抜刀した。

相手は正眼に構え、凄《すさ》まじい気迫で上段から打ち込んで来た。その剣を頭上で受け止め、鍔迫《つばぜ》り合いになった。

剣一郎はぐっと相手を押さえ込み、さらに押し込んでさっと剣先を下げた。だが、その動きを読んでいたかのように、相手はさっと後ろに離れた。

休む間もなく、再び上段から吠えるような気合とともに打ち込んで来た。剣一郎は今度は襲ってきた剣をはね返した。だが、怯《ひる》むことのない攻撃が続けざまに襲ってきた。剣と剣がぶつかりあう鋭い音が夜陰に響いた。

橋のほうから足音が近づいて来た。いきなり、相手は刀を引き、踵《きびす》を返した。

岡っ引きが手下とともに駆けつけて来た。

「青柳さま。ご無事で」

「来てくれたのか」

「へえ。文七って男が知らせてくれやした」

文七は駕籠をつけていく途中で、自身番に寄ったのだろう。

剣一郎は刀を納めた。編笠の額の辺りが大きく切れていた。剣一郎も相手の着物の袂《たもと》を切ったが、手強い敵だと認めざるを得なかった。

「女は？」

剣一郎は辺りを見回した。

「誰もおりませんが」

剣一郎は不審に思った。

あとのことを岡っ引きに任せ、剣一郎は駕籠のあとを追った。

とんだ道草だったが、果たしてほんとうに辻斬りだったのだろうか。女が消えたのも妙だ。それにあの手拭い。まるで顔を隠すかのようだった。

ひょっとして、友太郎の仲間だったのかもしれないと思った。友太郎の襲撃の邪魔をさせないように待ち伏せていたのではないか。

永代橋を渡り、新堀町を過ぎ、小網町に入った。駕籠には追いつかない。が、鎧《よろい》河岸に差しかかったとき、前方でひとの争う声を聞いた。

剣一郎は走った。駕籠が倒れていた。

その駕籠の近くに、文七と大坂屋が立っていた。

「現れたのか」

「すみません。取り逃がしました」

文七は自分の責任のように言った。

「いえ。この御方は友太郎から私を守ってくださいました」

大坂屋が青ざめた顔で言った。

「やはり、友太郎だったか」

「はい。『田丸屋』さんの息子に間違いありませんでした。私を父の仇だと言って襲ってきました」

「そうだ。友太郎はそう信じきっている」

「おきみが私の名前を出したそうです。なぜ、おきみがそんなことを言ったのか、信じられません」

大坂屋は困惑ぎみに言う。

剣一郎は文七に顔を向け、

「よく、大坂屋を守った。友太郎を捕まえられなかったのはとんだ邪魔ものが入ったためだ」

あの辻斬りは、友太郎の大坂屋襲撃の手助けのためだったに違いない。

くらがりから駕籠かきが出て来た。

「もうだいじょうぶだ。早く、駕籠をやってくれ」

「へい」

駕籠かきは倒れている駕籠を起こした。

念のために、大坂屋を大伝馬町の店まで送り届けた。

「旦那。大坂屋の言うように、友太郎は勘違いしているのではないでしょうか」

文七が疑問を投げかけた。

「そう思うか」

「へえ。じつはあの隠れ家の周辺を聞き回っているのですが、大坂屋らしい男は目撃されていないんです。もっとも、お孝の相手の男は用心深く隠れ家に入っているようで、誰もそれらしき男を見ていないのですが」

「そうか」

「ただ、近くの左官屋の女房が何度か宗十郎頭巾《そうじゅうろうずきん》をかぶった侍を見たことがあると言っていました。ただ、あの裏道を通って料理茶屋の『角屋』か『つた屋』に行った可能性もあるので何ともいえないのですが」

「宗十郎頭巾の侍か」

「へえ。裏から侍がやって来たことがあったかどうか、茶屋の者に訊ねても、あっしのような者には教えてくれないのです」

「よし。『角屋』と『つた屋』には俺が行って確かめてみよう。もし、来ていなかったら、隠れ家に入った可能性が大きくなるな」

「はい」

お孝の相手が侍だったということも十分に考えられる。その侍に、お孝は大金を貢いでいたのかもしれない。剣一郎はそんな気がしてきた。

四

数日後。楊弓場に入って行くと、化粧の濃い女がお弓の顔をじろじろ見て、

「ここで働きたいのかえ」

と、にやにやしながら言う。

「違うんです。ここに才蔵というひとは来ていませんか」

「才蔵？　知らないね」

「おまえさん。その男の何なのさ」

「才蔵さんは兄の知り合いなんです」

柄は悪いが、その女は案外と親切で、他の女や弓を射っている客にもきいてくれた。

「残念だけど、わからないね」

「すみませんでした」

男の客の好奇な視線から逃げるように店を出た。

お弓をずっと尾行している岡っ引きと手下がさっと路地に隠れた。

回向院前の盛り場を歩き回り、お弓は楊弓場を覗いたりしたが、才蔵の行方はわからなかった。

一年前、才蔵は亀戸《かめいど》町の裏長屋に住んでいたという。きょうの昼間、そこに行ってみたが、才蔵は三ヶ月ほど前に引っ越しをしていたのだ。

近所の者から、才蔵はよく楊弓場で遊んでいたと聞いて、両国広小路から橋の東詰めの回向院前の楊弓場まで訪ねてみた。

才蔵は兄が怪我を負わせた男だ。本所、深川界隈を根城にしているならず者で、女のひものような暮らしをしていたという。

そんな男と喧嘩になり、ほんとうだったら、兄は殺されていたのかもしれない。それがちょっとした弾みで逆に怪我を負わせてしまったのだ。

父は治療代をだいぶ支払ったようだ。だが、兄は江戸所払いになった。

その喧嘩騒ぎは、じつは才蔵が、友太郎と承知でわざと喧嘩を吹っ掛けてきたとしか思えないと、兄が言い出したのだ。

この喧嘩の裏に、お孝か大坂屋の差し金がある。そう、兄は睨《にら》んだのだ。

もう一軒の楊弓場があったので、お弓は入ってみた。

ちょうど矢が的を射抜いて、矢場女が太鼓を打った。いきなり大きな音がして、お弓はびっくりした。

そこに土間に客が入って来た。

「おう、姉ちゃん。新しく入ったのか。なかなかいいじゃねえか」

酒の匂いをさせた男がお弓の手を握った。馬面《うまづら》で、無精髭《ぶしょうひげ》を生やした男だ。

「違います。私はひとを探しに来たんです」

お弓は手を引いて言った。

「なんだ」

男はつまらなそうに離れたが、すぐ戻って来て、

「人探しって誰を探しているんだ？」

「才蔵ってひとです」

「なに、才蔵？」

馬面が眉を寄せた。

「ご存じですか」

「ご存じってわけでもねえが、確か喧嘩で大怪我をしてしばらく寝込んでいた、あの才蔵のことか」

「そうです。そのひとです」

才蔵を知っている人間にようやく巡り会えたと、お弓は胸を轟《とどろ》かせた。

「そう言えば、最近、賭場でも会わねえな」

「賭場？」

「博打場《ばくち》だ。よく、賭場で会ったが、最近は見ねえな」

馬面の男は不思議そうな顔をした。

「今、どこにいるかわかりませんか」

「知らねえな」

馬面が訝しそうにお弓の顔を見て、

「おめえさん。どうして才蔵を探しているんだえ」

と、きいた。

「私の兄が才蔵さんにお金を貸しているんです。兄に代わって、お金の催促に」

お弓はとっさに口実を言った。

「そうかえ。奴は金に汚かったからな。残念だが、今どこにいるかわからねえ」

「誰か知っていそうなひとをご存じじゃありませんか」

「奴は嫌われ者だったから、あまり親しい人間もいなかったからな」

奥から丸ぽちゃの顔の矢場女が出て来て、

「兄さん。どうするの?」

と、馬面の男に声をかけた。

「ちょっと待っていろ。この姉ちゃんが才蔵って男を探しているんだってよ」

「才蔵?」

丸ぽちゃの女が小首を傾《かし》げた。

「おめえ、知っているだろう。一年前喧嘩で大怪我をした、あの才蔵だ」

「ええ、ときたまここにも来たわ。確か、三月《みつき》以上前にここに来たわ。それが最後」

女はあっさり言った。

「今、どこにいるかわかりませんか」

「なんでも、どこかのお屋敷に奉公するとか言っていたわねえ」

「奉公？　お屋敷はご存じじゃありませんか」

「知らないねえ。でも、最後に来たとき、これから深川の馴染みの女に別れを言いに行くと言っていたわ。ひょっとしたら、その女が奉公先を聞いているかもしれないわ」

「深川のどこですか」

「そこまでは知らないわ」

「佃町じゃねえか」

馬面の男が横合いから言った。

「奴から、そんな話を聞いたことがある。だが、店の名前も女の名前も知らねえが」

「佃町ですね。行ってみます」

「おいおい、店も女の名前もわからないんだぜ」

「一軒一軒訪ねてみます。ありがとうございました」

礼を言って、お弓は楊弓場を出た。

おそらく、尾行している手下のひとりが楊弓場に行って、お弓がどんな用で来たのかきくはずだ。

お弓はそこから半刻（一時間）をかけて深川の佃町までやって来た。そろそろ五つ半（九時）になる時分だ。

若い女のひとり歩きも、皮肉なことに尾行者がいるので、あまり怖いとは感じなかった。そんなことより、早く才蔵の行方を突き止めたいという気持ちのほうが強かった。

永代寺前を過ぎ、富岡八幡宮前で右に折れ、蓬莱橋を渡ると佃町だった。

小さな家の軒行灯が黄色い明かりを放っている。なんだか淫靡《いんび》な雰囲気の家並みが続いている。皆娼家なのだろうか。

間口の狭い入口から女が出て来て、通りがかりの男に下卑《げび》た声をかけていた。

お弓はたちまち後悔した。ただ佃町にいる女と聞いただけで、店も女の名前も知らないのだ。

へたにお店に行けば、さっきみたいに働きたいのかと間違えられたり、また客には娼婦と誤解させてしまうかもしれない。

そう思うと、お弓は萎縮《いしゅく》した。なまめかしい明かりがお弓の来る場所ではないと笑っているようだった。

お弓は逃げるように蓬萊橋に戻った。そのまま橋を渡って行くと、橋の真ん中で着流しの三人の男が横に並んで歩いて来るのに出会った。

お弓は右によけると、相手も同じほうに体を寄せて来た。軽く会釈をし、反対のほうに移動すると、別の男が行く手を遮った。

「すみません。向こうに行きたいのですけど」

お弓はいやな感じを受けながら言った。

「いい女じゃねえか。こんな上玉がこっちにいるとは思わなかったぜ。どこの店だ?」

中肉中背の頰骨の突き出た男が言った。

「違います。私はひとを探しに」

「なに人探しだと。誰を探しているんだ?」

「いえ、もういいんです」

男たちに危険な匂いを感じ、お弓は警戒した。

「何かの縁だ。いっしょに探してやろうじゃねえか」

「そうだ。俺たちが手伝えばすぐ見つかる」

肥った男が薄気味悪い笑みを浮かべた。

もうひとりの背の高い男もにやにやしてお弓を見ていた。

尾行してきた役人の姿は見えなかった。職人ふうの男が関わり合いを恐れるように足早に脇をすり抜けて行った。

「さあ、行こうぜ。たっぷり可愛がってやるぜ」

兄貴ぶんらしい中肉中背の男がお弓の手首を素早くつかんだ。

「やめてください」

「痛い目に遭いたくなかったらおとなしく来るんだ」

手首を引っ張られ、お弓は堀沿いの寂しい道に連れ込まれた。

「離してください」

「うるせえ。黙って歩け」

「助けてください」

通りがかった商人ふうの男が見ぬ振りをして行き過ぎて行った。

お弓はなおも手を引っ張られた。

「やめてください」

お弓は叫んだ。

すると、突然、

「おい、何をしている」

と、後ろから若々しい声が聞こえた。

振り向くと、若い侍がふたり走って来る。

「助けてください」

お弓は訴えた。

「おい、女の手を離せ」

「なんだ、小僧か」

「そのひとの手を離すんだ」

「怪我をしたくなかったら引っ込んでな」

「もう一度言う。そのひとを離せ」

「なんだと、この野郎」

小肥りの男が懐《ふところ》から匕首《あいくち》を取り出した。

「やめろ」

「ふん。怖《お》じ気づいたか」

男が匕首を構えた。

だが、袴姿も凜々《りり》しい若者は落ち着いていた。

男が匕首で襲い掛かったとき、若者はいつの間にか刀を抜き、匕首を遠くに弾き飛ばしていた。

「どけ。俺がやる」

お弓の手首を離し、中肉中背の男が匕首を握った。

お弓は素早く若者のほうに走った。

「時次郎《ときじろう》、このひとを頼む」

若者は背後の若者に言った。

「よし。さあ、こっちへ」

時次郎という若侍がお弓をかばった。

「剣之助。斬ってはだめだ」

「わかっている」

剣之助と呼ばれた若者は剣の峰を返した。

「このやろう」

中肉中背の男が匕首を小刻みに突き出しながら剣之助に迫った。が、剣之助は正眼から上段に構えを直して足を踏み出した。剣の峰で相手の小手を叩いた。悲鳴を上げて、相手は匕首を落とした。

剣之助は切っ先を相手の顔に突きつけ、

「もうこんな悪さをするな。二度としたら」

そう言ったあと、剣之助は剣を大きく旋回させた。あっと男が悲鳴を上げた。髷が飛び、髪がばらっと落ちた。

「今度はその首が飛ぶ」

悲鳴を上げて三人の男は逃げ出した。

「もう心配はいりません」

「危ういところをありがとうございました」

さわやかなふたりの若者に、お弓は礼を言った。

「それにしても、女子がこのような場所にひとりで不用心ですよ」

時次郎という若者が叱るように言う。

「はい」

「何かよほどの事情がおありなのでしょう」

剣之助という若者がいたわるように言い、

「どこまでお帰りですか。お送りいたしますよ。なあ、時次郎」

「そうだ。そうすべきだ。途中で、駕籠を見つけよう」

「ありがとうございます。でも、そこまでしていただいては」

「いや。これも何かの縁です」

時次郎が笑いながら言い、

「で、どちらまで」

「日本橋久松町です」

「なら、少しまわり道するだけだ」

剣之助が応じる。

三人で蓬萊橋を渡り、すぐ左に折れて、門前仲町へ向かう。人通りも少なくなった。

「失礼ですが、あそこにどんな御用で?」

剣之助がきいた。

「ひとを探しているのです」

「ひと探しですか。もし、よろしかったら力になりましょう。なあ、剣之助」

「うむ。もちろんです。いや、ぜひ、そうさせてください」

押しつけがましさや、いやらしさのない、いかにもさわやかな物言いの若侍だった。歳はお弓より下だろうが、たくましくもあった。

「お侍さまにそのようなお願いは出来ません」

「そんなことありません。じつは俺たちは佃町にある『和田屋』という店で呑んでいたんです。あっ、女を買いにじゃありませんよ。でも、女郎屋に行っていたことは事実ですし、そのことでちょっと後ろめたい気持ちもあるんです。その気持ちを、あなたの手助けをすることで少し和《やわ》らげたいんですよ」

剣之助はあまり上手とは思えない言い訳を言ったが、こちらに気持ちの負担にならないように気配りをしているのだということはわかった。

父があんな事件に巻き込まれて以来、常に針を含んだような気持ちで今日まで過ごしてきた。が、久しぶりに、心穏やかなひとときが訪れていた。

それに、佃町のお店に行っているというのなら、才蔵の馴染みの女のことを聞き出せるかもしれない。そんな期待も持った。

「じつは、私、ある理由から才蔵というひとを探しているんです。三ヶ月ほど前まで、亀戸町に住んでいたのですけど、今はどこに行ったのかわかりません。どこかのお屋敷に奉公に上がったらしいのです。その才蔵の馴染みの女が佃町にいると聞いて、後先も考えずにあそこに行ったのです。でも、どうしてよいやらわからず、諦めて引き上げようとしたとき、さっきの三人に絡まれたのです」

「そうだったのですか」

　剣之助が上気した顔で、

「これも何かのお導きかもしれません。なあ、時次郎。俺たちも才蔵というひとを探すのを手伝おう」

「もちろんだ。ちょうど明日は非番だしな」

「きっと、探し出してみますよ」

　ふたりの若侍は請け負ってくれたが、どうしてその男を探しているのかなどという詮索は一言も口にしなかった。

「あっ、そうだ。あなたのお名前を存じません。教えていただけますか」

「はい。弓と申します」

「お弓さんですね。私は青柳剣之助、こいつは坂本《さかもと》時次郎」

「青柳……」

　まさかと、お弓は剣之助の凜々しい顔立ちを見つめた。

「ひょっとして、あなたは……」

「えっ、なんですか」

「いえ、なんでもありません」

途中で駕籠に乗り、永代橋を渡った。小網町を過ぎて江戸橋に差しかかったところで、あとはだいじょうぶだと言い、お弓はふたりと別れて駕籠で家に帰った。

町木戸の閉まる四つ（十時）には間に合った。家に帰っても、青柳剣之助という若者のことを考え、そして青痣与力のことを考えていた。

五

翌日。朝から風が強かった。

剣一郎は風烈廻りの同心ふたりと小者を連れて巡回に出発した。奉行所の小門を出るとき、同心や小者たちが連れ立って出て行くのを見た。友太郎の探索だろう。

友太郎の行方は杳《よう》として知れない。だが、友太郎には手助けする者がいる。あの覆面の侍と、辻斬りだと叫んで逃げて来た女だ。その者たちが匿《かくま》っているに違いない。

一行は大伝馬町にやって来た。ここに『大坂屋』がある。ついでにちょっと寄っていこうとして、『大坂屋』のほうに向かいかけたとき、路地に隠れた人影があった。

友太郎ではない。町方だ。通りをはさんだ反対側の絵草子屋の横にも町方らしき者が佇《たたず》んでいた。

不審に思いながら、『大坂屋』に近づくと、少し離れたそば屋の陰からじっと『大坂屋』の店先を見つめている者がいた。

やはり『大坂屋』を見張っているのだ。これはどういうことだと、そのまま大伝馬町を突っ切り堀に出た。

すると、同心の内野佐之助がひとりで柳の陰にいるのを見つけた。

剣一郎はたちまち胸騒ぎがした。

「青柳さま。ご苦労さまでございます」

剣一郎を見つけ、内野佐之助が飛んで来た。

「何かあったのか」

「じつは、友太郎が大坂屋を狙っているらしいことがわかり、この付近に町方を配しております」

剣一郎は息を整えて、

「どうしてわかったのだ?」

「大坂屋が訴えて来ました」

「大坂屋が？」

「はい。友太郎が誤解をして私を襲って来た。また、襲われるかもしれないと。今度こそ、取り逃がしません」

「なぜ、友太郎が大坂屋を狙っていると思うのだ？」

剣一郎は改めてきいた。

「すべて大坂屋の企みだと思い込んでいるからではありませんか。それは違うのですが」

「大坂屋がどうのこうのより、あのお裁きが間違っていると思っているのだ」

「逆恨みと言うものです」

そこに岡っ引きがやって来た。

剣一郎に会釈をしてから、内野佐之助に耳打ちをした。

「よし」

内野佐之助は頷きながら聞き、岡っ引きが去ったあとで、剣一郎に顔を向けた。

「友太郎らしき男が『大坂屋』の様子を窺っていたようです。今、手下があとをつけています」

失礼しますと、内野佐之助は去って行った。

剣一郎は神田須田町の自身番で落ち合おうと言い、このまま巡回を続ける同心や小者と別れ、ひとりで鎌倉町に向かった。

友太郎の心を推し量ったとき、友太郎の動きが読み取れた。

おそらく、友太郎は今夜の決行を決意したのではないか。友太郎は焦っているはずだ。時間が経てば経つほど、大坂屋を討つ機会が遠ざかる。そう思っているに違いない。

ふと、剣一郎はある光景が目に浮かんだ。『田丸屋』のあった場所に、友太郎が立っている。そんな光景だ。

剣一郎は大通りを今川橋までやって来た。道の両側には瀬戸物の問屋が軒を並べており、店先には大きな瓶や七輪、すり鉢、土瓶などが置かれている。

橋を渡ってから鎌倉河岸のほうに左折する。ときおり、突風が土埃を舞い上げる。

鎌倉町に入り、『田丸屋』のあった場所にやって来た。今は、古着屋の看板が掲げられている。

友太郎や岡っ引きの姿は見当たらない。

ここに立ち、友太郎は大坂屋に対する恨みを新たにする。そのためにここにやって来ると思ったのだ。

ここに来なかったのか。来たが、もう去ったあとなのか。剣一郎はしばしその場に佇んでいると、足音が近づいて来た。

振り返ると、お弓だった。

「青柳さま」

お弓は目を見張っている。

「ときたまここにやって来るのか」

「はい。私が生まれ、育った場所ですから」

お弓は思い詰めた目で、今は古着屋となった家を見ている。

「友太郎はもはや追い詰められている」

「もし、兄が目的を果たさぬまま捕まったら、あとは私が引き継ぎます」

お弓は、友太郎のことを隠そうともしなかった。

「お弓。私はそなただけでも生き抜いて欲しい。苦しいだろうが、それに耐えて生きて行って欲しいのだ」

「兄も同じ気持ちのようです。でも、兄が目的を果たしたあと、私もあとを追う覚悟です。どうせ、兄は死罪になるでしょうから」

「そなたの言うように、友右衛門は無実だった可能性がある。だが、その証拠がない」

「そうです。おとっつあんは無実なのです。でも、このままではおとっつあんの名誉を回復することは無理なんです。だから、兄が動いたのです」

確かに、奉行所は何もしない。そのことに、剣一郎も忸怩《じくじ》たる思いがある。

「もっと吟味をしてくれたら、おとっつあんの無実はわかったはずなんです。私はお裁きを下した吟味方の与力も許しません。きっと、おとっつあんが無実だという証拠をつきつけて、あの与力に責任をとってもらいます。そのために、私は命を捨てる覚悟でおります」

おとなしい顔のどこにこのような激しさが隠されているのかと思うほどだった。

「友太郎は、おきみの言葉を信用して大坂屋を狙っているのだな」

「そうです。おきみは継母のお孝に手を貸していたのです」

「だが、妙ではないか」

「はっ?」

「友太郎は友右衛門の汚名を晴らそうとしているはずだ。だとしたら、おきみは重大な証人ということになる。それなのに、なぜ、友太郎はおきみを殺したのだ?」

「それは……」

お弓は返答に詰まった。

「それは私にもわかりません。私はおきみに会っていませんから。兄には兄の思いがあったのかもしれません」

「それだけではない。嘉平もそうだ。嘉平を生かしておいてこそ、真犯人を突き止めることが出来たのではないか」

「嘉平は素直に白状しないと思ったのだと思います」

嘉平は友右衛門を今戸の寮に誘き出し、さらに友右衛門を罪に落とすべき偽りの証言もしている。

「嘉平とおきみを殺したのは友太郎だと思っているのか」

「青柳さまは、違うと?」

お弓に動揺が見てとれた。

「わからん。だが、友太郎が殺ったと考えるには今一つ納得出来ないのだ」

「まさか」

「それから、友太郎には協力者がいるのか」

「はい。手を貸してくれる者がいると申しておりました。でも、どういうひとか聞いてはおりません」

「友太郎に会いたいのだ。会って確かめたいのだ。他の者に捕まる前に……」

「もう兄とは連絡がとれません。今度、兄と会うのは奉行所のお白州でしかありません」

お弓はきゅっと唇を噛み、もう一度元の我が家を見つめ、それから剣一郎に会釈をして、その場を離れて行った。

「お弓。『大坂屋』の周辺は町方が潜《ひそ》んでいる。友太郎が近づけば捕まる」

振り向いたお弓がもう一度頭を下げ、すぐに踵《きびす》を返して去って行った。


その夜、剣一郎は再び『大坂屋』の近くに来ていた。いたる所に町方が潜んでいる。

剣一郎は大伝馬町の自身番に待機した。あくまでも、剣一郎の役務外のことであり、今夜も浪人ふうの格好をしていた。

今夜、友太郎が大坂屋を襲うという予感がしてならなかった。友太郎は町方が張っていることを承知の上で襲撃を仕掛けるはずだ。友太郎の目的は大坂屋を殺害したあと、素直にお縄につくことなのだ。大坂屋を殺した件での裁きで、動機を訴える中で、父の汚名を濯《そそ》ごうとしているのだ。

捕まることを厭《いと》わない友太郎は強引に屋敷に忍び込む。そう考えたのは、友太郎に手を貸している人間がいるからだ。協力者の手を借りれば、容易に『大坂屋』に忍び込むことが出来る。剣一郎はそう思った。

時が刻々と過ぎて行く。

木戸番が拍子木を打って夜回りに出た。犬の遠吠えがする。

突然、呼子が鳴った。はっと、剣一郎は刀をつかんで立ち上がった。

夜の町に飛び出した。御用提灯を持って捕方が走って来た。

「あっちだ。追え」

内野佐之助が叫びながら駆ける。

黒い影は日本橋川に向かい、闇に姿が隠れた。だが、その前方から捕方の提灯が浮かび上がった。挟み打ちだ。内野佐之助は用意周到に町角、橋の袂など要所要所に捕方を配置していたのだ。

突如、大きな水音がした。

「川だ。川に飛び込んだ」

捕方のたくさんの提灯がいっせいに川を照らした。

しかし、剣一郎は今の水音に不審を感じた。川に逃げるなら、音を立てないように水に入ったほうがいいはずだ。

そう思って、剣一郎は川と反対側の民家に目をやった。すると、黒い影が塀を乗り越えたのが見えた。

黒い影が屋根の上を身を隠しながらひた走った。剣一郎は路地を入り、町の裏にまわった。すでに町の木戸は閉まっている。

路地を抜け、隣の屋根に飛び移った。剣一郎は軒下を走った。屋根を下りると、向かいの家の天水桶に足をかけ、塀によじ登ってまたも隣町の家の屋根に上がった。

あっと、剣一郎は思った。また、瀬戸物町に戻っている。大坂屋を狙うのだ。

はじめて友太郎の考えがわかった。昼間、様子を見に来て、どこに見張りがいるかを確かめ、夜になって友太郎は町方が張り込んでいるのを承知で『大坂屋』にやって来たのだ。そして、わざと見つかり、逃走したと見せかけ、その隙を狙って大坂屋を襲う計画だったのだ。

その計画がまんまと図に当たったといってよい。捕方の目は今、堀に集まっている。今頃は船を出し、川面を提灯の明かりで照らして必死に友太郎を探していることだろう。

だが、剣一郎だけは友太郎の意図を見抜いた。

剣一郎は町木戸の潜り戸を開けてもらい、大伝馬町一丁目に入った。

『大坂屋』に先回りをした。案の定町方の者はひとりもいなかった。おそらく、友太郎は屋根伝いに庭に忍び込むだろう。

潜り戸を叩いた。友太郎より先に屋内に入らないと、間に合わない。

「どちらさまでしょうか」

やっと眠そうな声がした。

「八丁堀だ。急用だ。開けるんだ」

「は、はい」

やっと戸が開いた。手代が立っていた。と、そのとき、奥のほうで悲鳴が上がった。

「亭主の寝間はどこだ？」

「こちらでございます」

「急いで案内しろ」

途中で、剣一郎は手代を追い抜いて廊下を走った。

再び、悲鳴が聞こえた。剣一郎はその部屋に飛び込んだ。

大坂屋の襟をつかみ、若い男がまさに大坂屋の心の臓に匕首を突きつけるところだった。

「やめろ」

剣一郎は怒鳴った。

突然の闖入者《ちんにゅう》に驚いて、若い男は一瞬力を抜いた。その隙に、大坂屋は這いつくばって逃れた。その背中に、若い男は匕首を突き刺そうとした。

「友太郎、やめろ」

剣一郎は友太郎の前に躍り出た。

「どいてくれ。おとっつあんの仇だ」

匕首を構え、友太郎は怒りに満ちた顔で言った。

「違う。友右衛門を陥れたのは大坂屋ではない」

「嘘だ。俺はおきみという女からきいたんだ」

「友太郎、よく考えろ」

最後まで言わないうちに、廊下が騒がしくなった。

そして、内野佐之助らが駆け込んで来た。

「青柳さま」

内野佐之助は剣一郎から友太郎に目をやり、

「もう逃げられぬ。観念しろ」

と、十手を突き出した。

あと一歩のところだったと、剣一郎は嘆息をもらした。

六

友太郎が捕まったという知らせは、翌日になってお弓の耳に入った。

お弓は南茅場町の大番屋にかけつけた。大番屋で、同心の内野佐之助の顔を見たとき、父の捕まったときの悔しさが蘇って来た。

すでにさんざんの取調べを受けたあとなのだろう、兄はぐったりしていた。父のときと同じだ。

「お弓か。ちょうどよかった。そなたを呼び出そうとしていたところだった」

内野佐之助は落ち着いた声で言った。

「お弓。おまえは友太郎が父親の恨みを晴らすと言っていたことを知っていたな」

「はい」

迷った末に、お弓が答えた。

「兄は、父を陥れた者に復讐をし、父の名誉を挽回しようとしたのです」

お弓ははっきり言った。

「友右衛門は公平なお裁きを受けて処刑された。それに異を唱え、思い込みにて、嘉平、おきみのふたりを殺害し、大坂屋を殺そうとしたのか」

「思い込みではありませぬ」

お弓は怯《ひる》むことなく訴えた。

「嘉平は嘘をつきました。父を今戸の寮に誘き出したのは、真犯人に頼まれたからです」

「友太郎はそう思い込んでいたというわけだな」

「違います。嘉平はほんとうに嘘をついていたのです」

「まあいい。で、嘉平への復讐から匕首を突き刺したってわけだ」

「違う。俺じゃねえ」

苦しそうな声で友太郎が訴えた。

「俺は殺《や》っちゃいねえ。やつはいざというときの証人だ。それをむざむざと殺すわけはねえ」

「何度同じことを言わせるんだ」

内野佐之助は激しく罵《ののし》った。

「嘉平がおまえの望むとおりの返事をしねえことがわかったので殺したんだ。そりゃそうだ、嘉平は何も知らねえんだからな」

内野佐之助は突き放すように言う。

「違う。嘉平はまとまった金を女に使っていたんだ。その金の出所を調べてくれ。そうすればわかる」

友太郎が訴える。

「黙れ。それから、おきみだ。おきみを殺ったのもおめえだな。なぜ、殺ったんだ。おきみがお孝の友達だったからか」

「殺っちゃいねえ」

友太郎が悲痛に叫ぶ。

「おきみさんは芝居茶屋の裏に誰かに頼まれて一軒家を借りていたんです。そこで、継母のお孝と真犯人は逢い引きを重ねていたのです。おきみさんはその証人でした」

お弓は夢中で言う。

「そうだ。おきみがはっきり言ったんだ。大坂屋に頼まれたって」

「そんなすぐばれるような嘘をつくんじゃねえ。さっき、大坂屋を呼び出してきいたが、大坂屋はいっさい否定している」

「嘘をついているんです」

「まあいい」

内野佐之助はお弓に目を向け、

「お弓。友太郎はおめえに嘉平とおきみを殺したと話したのだろう」

「いえ。話していません」

そうだ、兄は一度も嘉平とおきみを殺したとは言っていなかった。それに、青柳剣一郎もそのことに疑問を呈していた。

ふたりを殺したのは兄ではないと、お弓は確信した。

「兄は私の継母お孝といっしょに父を裏切っていた男に復讐を誓ったのです。その手足のように動いたひとたちには何の恨みもありません。だから、殺すはずはありません」

お弓の訴えに顔をしかめ、

「おまえたちは思い込みの激しい兄妹だ。おまえが何を言おうが、友太郎の容疑は固い。さあ、もういいぜ」

と、内野佐之助は手下に顎をしゃくって見せた。

「兄の言い分を聞いてください。どうしてもっとよく調べていただけないのですか」

「よし、連れて行け」

お弓は追い立てられた。

「お弓。あとは頼んだぞ」

兄の絶叫のような声が耳に残った。

翌日、兄は小伝馬町の牢送りになった。父に続き、兄までも牢送りになる姿を、お弓は大番屋の前で打ち震えながら見送った。裸馬に乗せられ引廻される父の姿が蘇り、それが兄の姿に変わり、お弓は覚えず悲鳴を上げていた。

後ろ手に縛られた兄が町角に消えても、お弓はしばらく立ちすくんでいた。

兄は父の仇を討つことはかなわなかった。が、お白州で父の無実を訴えるはずだ。そうだ。こうしてはいられない。才蔵を探すのだ。

才蔵の行方の手掛かりはまだつかめない。剣之助と時次郎のふたりが手を貸してくれている。ずっと佃町の女たちにきいてまわってくれているらしい。

だが、あれから三日経つが、連絡がないのはまだ見つからないからかもしれない。

ふたりに任せてばかりはいられない。だが、兄までが獄門台に送られると思うと、目が霞《かす》んで倒れそうになった。

町の風景も灰色に変わっていた。孤独の風が心の奥に吹きつけている。もう耐えられない。涙が込み上げそうになるのを唇を嚙んで堪えた。

お弓がしょんぼりと家に帰って来ると、上がり框に誰かが座っていた。

「おつね。おつねじゃないの、どうして」

お弓はおつねにしがみついた。

「お嬢さま。若旦那があんなことになっちまって。さぞかしお辛いことだと」

おつねが目に涙をためて言う。

「どうして故郷に帰らなかったのよ」

「おつねには帰るとこなどありません。こんなとき、おつねがお嬢さまの傍にいないでどうしますか。もう、お嬢さまに叱られようが、私はここから出て行きませんよ」

「おつね」

お弓はおつねの胸に顔を埋めて泣き出した。

おつねはお弓の背中をさすってくれていた。いつしか慟哭《どうこく》は去り、落ち着いた気持ちになった。

そのとき、戸を激しく叩く音がした。

「どちらさまですか」

顔を見合わせてから、おつねが声をかけた。

戸が開いて、若い侍が顔を出した。

「剣之助さま」

お弓は目尻を拭って立ち上がった。

「お弓さんは友太郎さんの妹さんだったのですか」

土間に駆け込み、剣之助は肩で息をしながら声を出した。よほど急いでやって来たものと思える。

「はい」

「そうだったのですか」

「剣之助さまは、やはり与力の青柳さまの」

「はい。そうです。父から聞いて、びっくりしました。それより、才蔵の奉公先がわかりました」

「えっ、ほんとうですか」

「ええ。佃町の馴染みの女がやっと見つかり、ゆうべ会って話を聞いて来ました。最後に来たとき、御徒衆《おかちしゆう》の殿村左馬之助《とのむらさまのすけ》という御家人のお屋敷に若党として奉公することになったと言っていたそうです」

「殿村左馬之助……」

「はい。組屋敷は下谷の御徒町《おかち》にあります。お弓さん、教えてください。この才蔵とどういう関わりがあるのですか」

剣之助は若さの漲《みなぎ》る声できいた。

「剣之助さま。どうぞ、お上がりください。おつね」

「あっ、失礼いたしました。さあ、どうぞ」

おつねがあわてて剣之助を座敷に招じた。

「失礼します」

と、剣を右手に持ち替え、剣之助が部屋に上がった。

剣之助と向かい合ってから、

「兄は一年ほど前、深川でこの才蔵と喧嘩になり、怪我を負わせ、江戸所払いになったのです。ところが、最近になって、才蔵と嘉平のつながりを知り、才蔵がいいがかりをつけて来たのには裏があって、それが、父の事件に関わったと、兄が気づいたのです」

お弓の説明を、剣之助は熱心に聞いていた。

「もしそうだとしたら、才蔵は真の犯人を知っていることになります」

「わかりました。才蔵を問い質《ただ》してみましょう。ただ、才蔵が簡単に口を割るとは思いません」

「覚悟は出来ています」

「えっ？」

「いえ。なにはさておき、才蔵に会ってみなければなりません」

覚悟が出来ていると言ったのは、場合によってはこの体を差し出すことも考えていたからだ。

「お弓さん、ひとりで才蔵に会いに行ってはなりませぬ。万が一ということがありますから。父にも話しておきます」

「待ってください。才蔵が事件にほんとうに関わったという証拠はまだありません。ですから、青柳さまに言うのはもう少し待ってください」

「でも」

「お奉行所の方が会いに行ってもほんとうのことを言うとは思えませんから。その前に、私が会って才蔵から話を聞いてみたいのです」

「わかりました。その代わり、私もごいっしょします。私ならいいでしょう。ただ、今度の非番は二日後なのです。それまで待っていてください。いいですね」

剣之助は何度も念を押して引き上げて行った。


しかし、翌日の夕方、お弓は御徒町に足を向けた。兄のことを考えると、明日まで待っていられなかった。

柳原の土手に向かい、神田川を和泉《いずみ》橋で越えると、まっすぐに道が続いている。やがて、侍屋敷の一帯に出た。

この辺りには幾組かの御徒衆の組屋敷がある。屋敷の場所は、剣之助が調べてくれたのだ。

殿村左馬之助の所属する御徒衆の組の拝領屋敷にやって来た。

総門を潜ると、両側に拝領屋敷が並んでいる。お弓は門番から聞いた屋敷を探し出し、冠木門の前に立った。

お弓は門内に入り、玄関横にある内玄関である中の口に向かおうとしたとき、庭のほうから下男らしき男が出て来た。

お弓はあわてて、

「恐れ入ります。私は弓と申します。こちらに才蔵さんという方がご奉公に上がっているとお伺いいたしました。どうぞ、才蔵さんをお呼び願えませんでしょうか」

「才蔵という男はいない」

下男は突慳貪《つっけんどん》に答えた。

「確か、こちらに若党としてご奉公しているとお伺いいたしました」

「若党は川島弥五郎《かわしまやごろう》さまだ」

「川島弥五郎？」

「そうだ。才蔵という名前ではない」

「あの、こちらは殿村左馬之助さまのお屋敷では？」

「そうだが」

下男は好色そうな目で、お弓を見た。

「では、川島弥五郎さまにお目にかかれないでしょうか」

「おまえさん、どんな御用だね」

「はい。じつは、私の兄のことで、才蔵さんにどうしてもお伺いしなければならないことがあるのです」

奉公に上がって才蔵は名前を変えた可能性があった。

若党といえば、武士の中で一番低い身分のものだが、才蔵はもともと町人だ。その町人が若党に抜擢されて新たな名を名乗った可能性もあると、お弓は思ったのだ。

「川島さまはまだお戻りではない」

「そうですか。また、お邪魔させていただきます」

お弓は引き上げるしかなかった。

門に戻りかけたとき、誰かが入って来た。

「お帰りなさいませ」

下男がしゃがんで平伏した。

袴の股立《ももだち》をとった人相のよくない侍と、色白で眉毛の濃い鼻筋の通った袢の武士がやって来た。

お弓も道を開け、腰を落とした。

若党の川島弥五郎と御徒衆の殿村左馬之助であろう。お弓は顔を上げ、

「恐れ入ります。私は弓と申します。才蔵というお方を訪ねて参りました」

川島弥五郎の表情が微かに動いたと思った。

「おまえは何者だ?」

弥五郎がきいた。

「はい。私は『田丸屋』の娘で弓と申します」

「『田丸屋』?」

弥五郎は目を見開いた。

「お弓と申したな」

殿村左馬之助がお弓の前に立った。三十歳を幾つか越えているだろうか。涼しい目もとに高い鼻、唇の形もよく、まるで役者のような男振りだった。ことに頰から顎にかけての線が美しく、女のようだ。それでいて、苦みのある顔だった。

「なぜ、才蔵と申す者がここにいると思ったのだな」

「はい。才蔵さんをよく知っている方から殿村左馬之助さまのお屋敷にご奉公に上がったと聞きました」

「それは何かの間違いであろう。ここには才蔵なる者はおらん。おそらく、他の屋敷にご奉公に上がったのであろう。で、なぜ、才蔵を探しているのだ?」

「はい。兄は一年ほど前、才蔵さんと喧嘩になったのです。この喧嘩の原因について、少し才蔵さんにきいてみたいことがあると兄が申しておりました。それで、才蔵さんを探しているのです」

殿村左馬之助はじっとお弓の顔を見つめ、

「よろしい、わしが才蔵なる者のことを調べておいてやろう。そうだ。明日の今時分、ここに来なさい。それまでに才蔵の行方を調べておく」

そう言って、殿村左馬之助は玄関に向かった。

「ありがとう存じます」

お弓は礼を言って引き上げた。

冠木門を出て、再び組屋敷の小路を帰る途中、誰かに見つめられているような気がして振り返った。

すると、川島弥五郎がじっとお弓を見ていた。お弓の全身に不快感が走った。

やはり、弥五郎が才蔵のような気がしてならなかった。

第四章　処刑前夜

一

　剣一郎はじっと耳に神経を集めていた。障子の向こうの詮議所で、友太郎の取調べが続いていた。

　吟味はやはり浦瀬和三朗であった。前回、友右衛門の吟味では過《あやま》ちを犯《おか》している。いや、本人は過ちだと思っていない。

　剣一郎としては橋尾左門に担当してもらいたかったが、前回の事件を引きずった犯罪ということで、浦瀬和三朗が吟味を行うことになったのである。

　四十七歳で鬼与力と称されている人物だ。有能な吟味方与力であることは間違いない。

「ようするに、そのほうは、お孝と秀次郎とを殺害したのは父友右衛門ではなく、友右衛門は何者かにはめられたのだと信じているのだな」

「はい。それに間違いないと思っています」

友太郎はすがりつくような声で答えた。

「どうして、そういうことが言えるのだ?」

「お孝の相手は秀次郎ではありません。秀次郎は偽装でした。ほんとうの相手は……」

友太郎は言いよどんだ。

「誰だ?」

「大坂屋さんだと思っておりました」

友太郎の声が上擦った。

「そのほうは、大坂屋惣五郎がお孝と情を通じていたと申すのだな。だが、それは大坂屋ではない。お孝が芝居茶屋で秀次郎と逢瀬を重ねていた日について当方の調べによると、あるときは大坂屋は得意先と料理屋にいたり、またあるときはお店で奉公人と仕事をしていたりと、別の場所にいたことが明白になっている」

友太郎から声がなかった。

ふと、剣一郎は先日の大坂屋襲撃のことに思いを馳《は》せた。あのとき、何か違和感を感じたのだが、今その違和感の正体に気がついた。

友太郎には手助けするものがいたのだ。それなのに、なぜ、友太郎はひとりで『大坂屋』に乗り込んだのか。

先夜、大坂屋の駕籠をつけたときに行く手を阻《はば》むように現れた辻斬りの侍。あの侍は友太郎の仲間ではなかったのか。

「したがって、そのほうが復讐に走った前提そのものが間違っていた。そうは思わぬか」

浦瀬和三朗の声で、我に返った。

「そのこともはめられたのです。おきみははっきりとお孝の相手は大坂屋だと言ったのです」

「その証拠はどこにある？」

浦瀬和三朗の声は鋭い。

「そのほうははじめから友右衛門は何者かにはめられたのだと思い込み、はめられたのだとしたら番頭を引き抜いた大坂屋であろうと考えた。すべてそこから出発しているのだ。下男の嘉平が大坂屋から頼まれて友右衛門を誘き出したのだと思い込み、まず嘉平を殺害。次に、お孝と大坂屋の橋渡しをしていたと思い込んで、おきみを殺害。そして、大坂屋を殺害しようとした。すべて、そのほうの思い込みによるものだ」

「違います。はめられたのです」

再び、あの辻斬りの侍のことを考えた。結果的に友太郎に手を貸していることになったが、友太郎の仲間ではなかったのか。

「どこに、その証拠がある？」

「お願いです。才蔵という男を探してください。私が一年前、江戸所払いになる原因となった喧嘩の相手です」

新しい名前が友太郎の口から出たので、剣一郎はさらに聞き耳を立てた。

「才蔵なる者が何をしたというのか」

「才蔵はお孝に頼まれて、私を殺そうとしたのです。わざと喧嘩をふっかけて来たのは、そのためです。ところが反対に私が才蔵に大怪我をさせてしまった。でも、お孝にとっては幸いだったのです。邪魔な私を追い払うことが出来たのですから」

「そなたは、常にそのように思い込みで話をこしらえる」

「作り話ではありません」

剣一郎は焦《じ》れた。もっと素直に友太郎の言い分に耳を傾けてやれないのか。浦瀬和三朗こそ、先入観にとらわれている。

「お孝はお店の金を使い込み、あまつさえ、借金までこしらえました。そのお金は相手の男に渡ったのです」

「秀次郎に渡ったのであろう」

「違います。秀次郎ではありません」

「では、誰だと言うのだ。そなたは、それは大坂屋だと思っていた。だが、大坂屋ではないことが明白となった今、そのような人間が他にいると思うのか」

「ですから、それは才蔵を問い詰めれば」

「友太郎。見苦しいぞ。あくまでもしらを切り通すつもりなのか」

「お願いです。才蔵を探してください」

「才蔵が、お孝に頼まれたという証拠でもあるのか」

友太郎から返事はない。

剣一郎は深いため息をついた。

才蔵なる者をここに連れ出して問いつめても、正直に話すとは思えない。いや、もし、友太郎の言うとおりだとしたら、よけいに白状するはずはない。

まだ取調べは続いていたが、剣一郎はその場から離れた。

浦瀬和三朗としては、友太郎の言い分を認めるわけにはいかないのだ。友太郎の言い分が正しければ、友右衛門のお裁きが過ちだったことになる。

行きかけたとき、ふと橋尾左門と顔があった。

いつぞや、絶交だと言って別れて以来、話していない。左門は何かいいたそうだったが、剣一郎はそのまま歩を進めた。

廊下で、剣之助とすれ違った。何か言いたそうだったので、剣一郎は行き過ぎたあとで、剣之助を呼び止めた。

「何か、話があるのではないのか」

「はい。じつは……。お弓さんからまだ黙っているように言われていたのですが」

と、剣之助は才蔵のことを打ち明けた。

「よく話してくれた」

その足で、剣一郎は年番方の宇野清左衛門《うのせいざえもん》を訪ねた。

年番部屋に入ると、宇野清左衛門はいかめしい顔で机に向かっていた。

年番方というのは町奉行所全般の取締り、金銭の保管などを行う。与力の最古参で有能な者が務めた。与力の最高出世が年番方である。

剣一郎は一礼し、畳に手をついたまま口を開いた。

「宇野さま。ちとよろしいでしょうか」

宇野清左衛門は威厳《いげん》に満ちた顔を向けた。若い頃は吟味方で鬼与力として名を馳《は》せ、今では役所内の一切に目を光らせている。

宇野清左衛門は書類を書いていたが、剣一郎の厳しい表情を見てから、

「では、向こうに行こう」

と、筆を置いて立ち上がった。

廊下の突き当たり近くにある部屋に入った。次の間付きの部屋で、他人に聞かれる心配はなかった。

「青柳どの。友太郎の儀だな」

宇野清左衛門が眉の辺りに深いたて皺《じわ》を作ってきいた。

「さようでございます。友太郎は何者かにはめられた可能性が強いと思われます。そして、友右衛門もしかり」

宇野清左衛門は暗い顔になった。

「青柳どの。一度下されたお裁きを覆すことは出来ない。友右衛門のお裁きをそのままに友太郎を助けることは出来ないのか」

「無理です。友太郎の動機はまさにそこから出発しております。宇野さま、もし、友太郎まで死罪にしたら、奉行所にとっても取り返しのつかないことになります」

うむ、と宇野清左衛門は唸《うな》った。

奉行所の雰囲気は、友太郎に対して厳しい。逆恨みからの復讐でひとを殺し、さらにお奉行の裁きに不満を唱えた。もはや、取調べなどする必要なく、即刻斬首にせよという意見が大半を占めているのだ。

「宇野さま。私に権限を与えてください」

この事件に関して、探索をし、犯人を捕縛する特別な許しを与えて欲しいと、剣一郎は頼んだのだ。

これだったら過去に何度もそのような特命をお奉行から受けている。

「しかし、青柳どの。ほんとうに友右衛門や友太郎は無実なのか。いや、青柳どのがそこまで言うのだから間違いはないであろう。だが、真犯人を捕まえることは出来るのか」

「必ず捕まえなければなりません」

そうでなければ、友太郎まで処刑されてしまうのだ。

「犯人の目星はついているのか」

「いえ。残念ながら。ただ、その手掛かりとなる人物がわかっております。その者を捕らえ、なんとか口を割らせるか、それが出来なくても、その者の周辺に真犯人がいるはずですから」

　さっき友太郎が口にした才蔵という男のことだ。

　才蔵が一年前のことを正直に言うとは限らない。いや、絶望的と言っていい。それでも、残された手掛かりは才蔵であった。

「青柳どの。これは難しい」

　宇野清左衛門が顔をしかめ、

「そなたのやろうとしていることは、奉行所に楯突くことと同じだ。いや、待て。青柳どのの気持ちはよくわかっておる。だが、明らかな証拠があってのことならともかく、奉行所を貶《おとし》めることのために、そなたに特別な許可を与えることは出来ぬ。そなたの意見に同意している者がほとんどいないのが現状だ。皆、先のお裁きも正しかったものと疑ってはいない。お奉行もお許しにならないだろう」

　剣一郎は愕然となった。

「青柳どのの頼みとはいえ無理だ。しかし、そなたが個人的に動きまわるのは勝手だ。もし、そのことで問題になったら私がそなたのために弁護をしよう」

「宇野さま」

「私に出来るのはそのぐらいだ。それから、勝手に調べまわるために、そなたは必要に応じて病気休養ということにしたらどうか。それで勘弁してくれないか」

「もったいないお言葉です」

剣一郎は頭を下げた。

「残された時間は少ないぞ。だいじょうぶか」

宇野清左衛門が覚悟を確かめるように言った。

「はい。やらねばなりませぬので」

「よし。今話したことは、内々にお奉行に話しておく」

「はい。ありがとうございます」

宇野清左衛門の好意を得て、剣一郎は勇んで立ち上がった。

探索、犯人の捕縛などは定町廻り同心の役目であり、与力にはそういう権限はない。また、吟味方与力のやり方に口をはさむなど、もってのほかだ。

だが、剣一郎は今、それをやらねばならないのだ。

風烈廻り、そして兼任の例繰方の与力にあとのことを頼み、剣一郎は病気休養を理由に奉行所を早退した。

屋敷に戻ると、多恵が驚いたような顔をした。だが、深く詮索はしない。

「出かける」

剣一郎は浪人体の姿になって深編笠をかぶって屋敷を出発した。

剣一郎が向かったのは、まずお弓のところだ。

秋も今たけなわだが、八月も末近くになって日暮れも早い。草木は黄ばみはじめている。そんな季節の移ろいを意識したのは友右衛門の事件が初夏の暑い日だったことを思い出したからだ。

久松町のお弓の家に行くと、おつねという女中が留守番をしていた。

「お嬢さまは、殿村左馬之助さまのお屋敷に行きました。殿村さまが才蔵を探してくれることになっているそうです」

「なに？」

「きのう、お嬢さまは殿村左馬之助さまのお屋敷に行きました。そのとき、殿村さまがそう仰ったそうです」

ひとりで才蔵に会いに行くなど無茶だ。剣一郎は胸騒ぎがした。

「よし、行ってみよう」

「お願いいたします」

おつねの声を背中にきいて、剣一郎は外に出た。

二

その頃、お弓は殿村左馬之助の組屋敷にやって来た。

冠木門《かぶきもん》の横の潜り木戸から中に入り、中の口に向かうと、きのうの下男が出て来た。

「ゆうべの女子だな」

「はい。この時間に来るようにとの仰せでございました」

「うむ。じつは旦那さまは急の御用事でお出かけになった。ついては、池之端の『たむら』という料理茶屋に旦那さまを訪ねて欲しい」

「池之端の『たむら』でございますか」

お弓は不審そうにきいた。

「そうだ。近くで聞けばわかるそうだ」

下男は鼻をこすりながら言った。

「わかりました。これから伺います」

行きかけて、お弓は振り返った。

「川島弥五郎さまもごいっしょでしょうか」

「いっしょだと思う」

「あの、川島さまはいつからこちらにご奉公になられたのでしょうか」

「四月《よつき》ほど前だ。こちらの旦那さまがお役に就いてからだからな」

「旦那さまは最近にお役に？」

「そうだ。女、よけいなことはきくな」

「申し訳ございません」

礼を言って、お弓は引き上げた。

侍屋敷の間の道を抜け、下谷練塀《ねりべい》小路を横切って、御成道に出て、池之端仲町にやって来た。

さんざん探し回って、ようやく見つけた『たむら』は町の外れ、不忍池の辺《ほとり》にある大きな店だった。

玄関に入り、出てきた女将に殿村左馬之助の名を告げると、すぐに案内に立った。

庭に出て、庭石伝いに奥に向かう。通されたのは離れの座敷だった。甘酸《あまず》っぱい香りが漂っているのは床の間に香が炷《た》かれていたからだ。

「殿村さまは、今母屋のお座敷でお客さまとお話し中ですので、しばらくお待ちくださいとのことでございます」

女将が去って、お弓はひとり残された。

しばらくして、庭石を伝う足音がした。居住まいを正して待っていると、女将の声がした。

障子を開け、女将が酒を運んで来た。

「どうぞ」

女将が酌をしようとしたが、お弓はあわてて手を振り、

「いえ、私は不調法で」

と、断った。

「そうですか」

ちょっとしらけた顔つきで、女将が出て行った。

それから間もなく、再び廊下に足音がし、いきなり障子が開いて、侍が入って来た。

あっと、お弓は声を上げた。

「驚いたか」

川島弥五郎だった。

大柄な体をゆするようにして、弥五郎は無遠慮に入って来た。どこか危険な感じのする顔つきの男だ。

「お弓と言ったな。才蔵を探して、どうしようと言うのだ?」

侍とは思えない言葉づかいだった。

「やっぱり、あなたが才蔵さんなのですね」

お弓はきっとなって言った。

「俺は川島弥五郎だ」

弥五郎はあぐらをかいた。

若党といっても、きのうまでやくざだった男が殿村左馬之助に見込まれ侍に取り立てられたのであって、根は遊び人なのだ。

「才蔵に会ってどうしようって言うんだ?」

もう一度、弥五郎がきいた。

「お奉行所で証言してもらいたいのです」

「証言だと?」

「私の継母お孝とつきあっていた男の名前を、です」

弥五郎はにやりと笑った。

「才蔵がそんなことを知っていると思うのか」

「知っています。お孝に頼まれて、兄にわざと喧嘩を吹っ掛けたのですから」

弥五郎の目が鈍く光った。

「もし、あなたが才蔵さんならどうかお願いです。お奉行所にいっしょに行ってください。そして、ほんとうのことを話してください」

弥五郎は銚子を鷲掴《わしづか》みにし、手酌で酒を呑んだ。

その下卑《げび》た呑み方に、やはりこの男は才蔵に間違いないと思った。

「あなたは誰に頼まれて兄に喧嘩を吹っ掛けたのですか」

弥五郎はじろりとお弓を見つめ、

「よし、お白州に出てやろう」

「ほんとうですか」

「ああ、その前に」

いきなり弥五郎の手が伸び、お弓の手をつかんだ。

「待って」

「お白州に出てやるんだ。これくらいの礼はしてもらわねえとな」

お弓はぐいと手を引っ張られ、弥五郎の大きな胸に倒れ込んだ。

「待ってください。差し上げます。私の体でよければ差し上げます。だから、待ってください」

弥五郎の手が緩んだ隙に、お弓は素早く逃れた。

「ほんとうです。お白州に出て、正直に話していただけたら私を自由にしていただいて構いません」

しばらくお弓を見つめていたが、ふっと弥五郎は笑みを浮かべた。そして、銚子のまま酒を口に流し込んだあとで、

「今の言葉に嘘はねえな」

と、口から酒を垂らしてきいた。

「覚悟は出来ています」

お弓は、この男の口を割らせるためなら身の犠牲も厭わないと決めていた。それが兄を助けるためでもあるのだ。

「よし。明日。行くぜ。ただし、おめえさんの期待するような証言が出来るとは限らないぜ」

「ほんとうのことを言っていただきたいだけです」

「わかった」

「ありがとうございます。その前に、ぜひ、今ここで、お孝の相手の名前を教えていただけませんか」

「ここでだと？」

「はい」

「よし、教えてやろう。だが、それは事が済んでからだ」

あっと、お弓が悲鳴を上げた。

再び、弥五郎こと才蔵がのしかかって来た。

「やめてください」

才蔵がお弓を押し倒し、荒い息が耳元にかかった。お弓は手足をばたつかせ、必死に抵抗した。

「相手の名前が知りてえんだろう。あとで教えてやる」

「やめて」

才蔵の手が襟元にかかった。

その手を払いのけようとすると、才蔵はお弓の頬を殴った。一瞬、意識を失いかけた。

「俺はおめえの兄に大怪我をさせられたのだ。その仕返しを今させてもらうぜ」

そのとき、いきなり障子が開き、

「川島、何をしておる」

と、誰かが叫んだ。

才蔵の動きが止まった。次の瞬間、急に体が楽になった。ふっと我に返ると、才蔵が脇に転がっていた。

殿村左馬之助だった。

「旦那《だんな》。違うぜ。あっしがそんなことするはずがねえでしょう」

才蔵が言い訳のように言う。

しかし、殿村左馬之助は才蔵の襟首をつかんで廊下に引っ張りだし、庭に突き飛ばした。そして、そのあとで、信じられないことが起こった。

殿村左馬之助が剣を抜いたのだ。

「あっ、やめてください」

お弓は叫んだ。

「旦那。ひでえ」

才蔵の最後の言葉が夜陰に轟いた。

殿村左馬之助は才蔵を一刀のもとに斬り捨てたのだ。

「手討ちだ」

お弓はよろけながら廊下に出た。頭を割られて才蔵が庭石の上に倒れていた。駆けつけた女将が悲鳴を上げた。

三

その悲鳴が聞こえたのは、剣一郎がようやく『たむら』を探し当て、その門前に来たときだった。

お弓の身に何かあったのではないか。剣一郎は門内に駆け込んだ。『たむら』は料理茶屋だが、離れがあり、そこは男女が密会で利用する出会茶屋のような造りになっている。

「今の悲鳴は?」

出て来た老婆にきくと、離れだと庭を指差した。

剣一郎は庭に駆け込み、奥の離れに向かった。

離れの部屋の明かりが庭に漏れている。その濡れ縁に武士が立っており、お弓が傍らでしゃがみ込んでいた。

縁側の近く、庭石の上で、仰向けに男が倒れていた。

「これは」

剣一郎は駆け寄り、男が絶命しているのを確かめた。

「私は御徒衆の殿村左馬之助だ。この者は我が家の若党にて川島弥五郎と申す。この者が、この女子を手込めにしようとした現場に来合わせたので、手討ちにいたした」

苦み走ったいい男だと、剣一郎は惚れぼれと見とれた。

「私は南町奉行所与力、青柳剣一郎と申します。じつは、そこにいるお弓のことでやって参りました」

剣一郎は、改めて挨拶をした。

「屋敷の下男からここを聞いたのだな」

「さようでござる」

「お弓とやら」

殿村左馬之助はお弓に顔を向け、

「このような事態になってしまったが、許せ」

お弓は茫然としていた。

「青柳どの。あとの始末を頼む。何があったかはお弓どのに聞かれよ。私は組頭さまにご報告申し上げる」

そう言い、殿村左馬之助は庭に下り、剣一郎の脇をすり抜けて行った。すれ違った瞬間、おやっと思い、剣一郎は振り返り、去って行く殿村左馬之助の背中を見つめた。背の高さも体つきも剣一郎とそっくりだった。後ろ姿だけなら、家族でも見誤るかもしれない。

「青柳さま」

お弓があえぐような声で呼んだ。

剣一郎はお弓に駆け寄った。

「大事はなかったか」

「才蔵が、才蔵が」

「なに、こやつが才蔵」

「はい。どうしてこんなことに」

最後の頼みの綱の才蔵が手の届かない所に行ってしまった。そういう絶望的な響きが声に出ていた。

やがて、女将が知らせたのだろう、役人がやって来た。

お弓を駕籠で家に送り届け、剣一郎は屋敷に戻った。だが、頭の中は殿村左馬之助のことでいっぱいだった。

まさか、と思う。だが、あのときの辻斬りと背恰好が似ているのだ。

八丁堀の組屋敷に戻ったのは四つ（十時）近かったが、剣一郎はそのまま宇野清左衛門の屋敷に行った。

何かあれば屋敷のほうに、と言われていた。

奥の座敷に通され、待つ間もなく宇野清左衛門がやって来た。

「このような夜分に申し訳ございません」

剣一郎は頭を下げた。

「遠慮は無用だ。何かあったか」

「はい。今宵、友太郎が最後の頼みとしていた才蔵なる者が殺されました」

「何があったのだ？」

宇野清左衛門が驚いたように目を見開いてきいた。

「才蔵は御徒衆の殿村左馬之助の屋敷に若党として奉公しておりましたが……」

お弓を手込めにしようとしたのを殿村左馬之助に見咎められ、手討ちになったという経緯を話した。

「お弓の話を聞いても、なぜ、あの場に才蔵が現れたのか不可解な点もあり、この殿村左馬之助の行動にも解せないものがあります。殿村左馬之助について調べていただきたいのですが」

「しかし、なぜ、殿村左馬之助は才蔵のようなならず者を若党にしたのか」

「もしかしたらお役に就く前に、殿村左馬之助は才蔵とつるんでいた可能性があります。あるいは才蔵は、殿村の手足のように動いていた男かもしれません」

殿村左馬之助の苦み走った顔を思い出し、ひょっとしたらお孝の相手は殿村ではなかったかと思ったが、勝手な想像に過ぎなかったので剣一郎はそこまで言わなかった。

「よし。御徒衆だな。何組かわからぬが、御徒頭に存じ寄りのものもおる。明日、さっそく調べよう。だが」

と、宇野清左衛門は表情を曇らせ、

「頼みの証人がいなくなっては、お裁きの行方が心配だ。何か打つ手はあるか」

「残念ながらありません。ただ、殿村左馬之助の調べ如何《いかん》によって道が開けるかもしれません」

「なにしろ、奉行所を挙げて、友太郎を死罪に持っていこうとしている感じだ。いや、誰も友太郎の犯行を疑っていないということだ」

先のお裁きで、すでに田丸屋友右衛門は獄門になっている。その裁きが間違いだとは天地がひっくり返っても認めるわけにはいかない。そういう気持ちがあるのだろう、はじめから友太郎が下手人でなければならないと思っているのだ。

友太郎が下手人なら死罪は免れない。いや、過去のお裁きにまで異を唱えたことで心証を大きく害している。

場合によっては引廻しの上に獄門ということもありうる。無辜《むこ》の友太郎を死罪にしてはならない。なんとしてでも阻止する。そのためには、友太郎の無実を証明しなければならないのだ。

翌日、剣一郎は芝居町にやって来た。

堺《さかい》町の中村座、葺屋《ふきや》町の市村座の前はひとでごった返していた。また操り人形の結城《ゆうき》座と薩摩《さつま》座の前にもたくさんのひとが集まっている。

剣一郎は密会の場であった芝居茶屋の裏にある二階家に行った。芝居茶屋『角屋』の裏口と接するような位置にあった。

『角屋』で、女将に会い、裏口から侍がやって来ることがあるかを聞いた。すると、女将は裏道を通って来る客はほとんどいないと答えた。『つた屋』でも同じだった。

次に、文七から聞いた左官屋の女房に会いに行った。

小肥りの女房は好奇心に満ちた表情で、宗十郎頭巾の侍を何度か見かけたと答えた。

「その侍の特徴を覚えていないか」

「さあ、だいぶ前のことですから」

「背格好はどうだ？　たとえば、私のような感じだったのでは……」

女房はいきなり駆け出し、少し離れた場所から改めて剣一郎を見た。

「そうです。そんな背格好でした」

殿村は眉目に秀でた男で、男から見ても惚れぼれするような美男だ。殿村左馬之助とお孝。ふたりが通じ合っていたとしても不思議ではない。

友右衛門の取調べ時、もしこの家の離れのことがわかっていたらまた違う展開になったかもしれないが、お孝と秀次郎の仲を信じきっていたときだから、ここまでの調べは無理だったのだろう。

それから、剣一郎は鎧河岸まで出て、そこから船に乗って本所亀戸に向かった。

天神川の船着場で下り、剣一郎は亀戸町の裏長屋にやって来た。一年ほど前、友太郎と才蔵は喧嘩をした。そのとき才蔵はこの長屋に住んでいたと記録にあったのだ。

才蔵は今からすれば四ヶ月ほど前にこの長屋を出ている。それはまさに今戸での事件の直後のことだ。剣一郎は長屋を目にしただけで木戸を出た。

剣一郎は亀戸天満宮に向かった。参拝客でごった返している。太鼓橋を渡ってお参りを済ませ、また太鼓橋を戻り、参道にある茶店の緋毛氈《ひもうせん》のかかった腰掛けに座った。

茶店の娘に茶と団子を所望し、途切れることのない参拝客の流れを見た。

茶と団子が運ばれて来た。湯飲みをつかんだとき、すっと隣に座った男がいた。文七だった。

「ごくろう」

剣一郎は声をかけた。

「で、わかったか?」

「はい。才蔵は以前は渡り中間だったそうですが、ある屋敷で主人の妻女に無礼を働こうとして追い出されてから、亀戸町の長屋に住んでいたそうです。口入れ屋でもらった仕事をし、本所の割下水《わりげすい》の御家人の屋敷で開かれている賭場に出入りしていたそうです」

本所深川に住む御家人は無役で、堕落している者が多かった。そういうところで、よく賭場が開かれている。

「殿村左馬之助とのつながりもその辺にありそうだな」

「今夜、その賭場にもぐり込んで、才蔵のことを知っている者を見つけてみようと思います」

「うむ。気をつけてな」

剣一郎が言うと、すっと文七はすべるようにそこから離れて行った。

その夜、剣一郎は宇野清左衛門の屋敷を訪れた。

「殿村左馬之助についてわかったぞ」

宇野清左衛門は待ちかねたように口を開いた。

「殿村左馬之助はそれまで小普請《こぶしん》組で深川に住んでいたそうだ」

「深川ですか」

本所とは近い。

「この五月に、小普請組から御徒衆のお役に就いたそうだ。これについては、上役に相当な付け届けがあったらしい」

「小普請の御家人が、そんな金を用立てられるはずはありません」

「青柳どの。その金こそ、『田丸屋』の内儀が作ったものだ」

「そうですか。やはり、お孝の間夫は殿村左馬之助だったのですね」

剣一郎はすべてが解けたと思った。だが、その証拠はない。また、御家人は奉行所の管轄外であり、はっきりとした証拠がない限り、御徒目付に訴え出ることは出来ない。

それより、奉行所内でも聞き入れてもらうのは無理かもしれない。獄門のお裁きをひっくり返すにはよほどの証拠がない限り難しいだろう。

剣一郎が屋敷に戻ると、門の横で誰かが待っていた。

「文七か。待っていたのか」

昼間、亀戸天満宮で別れたばかりの文七がもう調べを済ませたようだ。

「はい。賭場に行ってきました。やはり、そこに殿村左馬之助も出入りをしておりました。才蔵とはそこで出会ったようです」

「よし。ご苦労だった。あと、お孝と殿村左馬之助の関係を突き止めたい。頼む」

「わかりました。では」

文七はすっとくらがりに消えて行った。

四

翌日、友太郎の詮議が行われた。

剣一郎はこの前と同じ襖《ふすま》の外から詮議所の様子を窺った。

「そなたの申していた才蔵なる男は亡くなったぞ」

浦瀬和三朗が告げると、友太郎が狂ったように叫んだ。

「嘘だ。そんなの嘘だ」

「よく聞くのだ。才蔵はある御家人のお屋敷の若党として奉公に上がっていたが、そちの妹お弓を手込めにしようとしたところを主人に見つかり、手討ちになったということである」

「そんな」

友太郎から絶望的な声が漏れた。

「もうこれ以上、しらを切り通しても無駄だ。そろそろ白状したらどうだ?」

友太郎から返事がない。

剣一郎が恐れたのは、友太郎が自暴自棄になって嘘の自白をしてしまうことだった。

　これ以上、吟味の様子を聞いていても意味がなかった。剣一郎は牢屋同心の詰所に向かった。

　ここで、友太郎の取調べが終わるのを待つのだ。取調べが終わっても、友太郎は他の容疑者の取調べが済むまでここに入れられ、全員の取調べが終わってから皆揃って小伝馬町の牢屋敷に戻るのだ。

　剣一郎は気になることがあった。そのことをはっきりさせたいと思った。

　牢屋同心が友太郎の取調べが終わったと知らせに来た。剣一郎は立ち上がり、仮牢の前の庭に友太郎を呼び出した。

　友太郎はやせて顔も土気色になっていた。絶望が友太郎を襲っているのが見てとれた。

「友太郎。そなたはすべてほんとうのことを話しているのか」

　剣一郎は心急《せ》くままにきいた。

「えっ、どういうことでございますか」

「嘉平のことを調べ、おきみのことを調べ、さらに菩提寺での包囲からも逃れた。とうていひとりで出来ることではない。誰か、おまえに手助けをした者がいるのではないか」

「いえ、いません」

あわてて、友太郎は頭を振った。

「友太郎。その者をかばっているのではあるまいな」

「違います」

友太郎は狼狽《ろうばい》している。

「友太郎。正直に言うんだ。おまえはその者に迷惑がかかると思って隠している。だが、その者はなぜ、おまえに手を貸してくれたのだ」

友太郎は俯いた。

「おまえに手を貸したのは女ではないのか」

「いえ」

返事が小さい。

「いつか、おまえは深川から帰る大坂屋の駕籠を待ち伏せしたことがあったな」

「はい」

身を竦《すく》めるように、友太郎は剣一郎を見た。

「あのとき、私も駕籠をつけていたのだ。ところが永代橋のたもとで女がかけて来た。辻斬りだと言ってな。それで、そこに行くと、覆面の侍がいたのだ。あとから考えると、覆面の侍はおまえの襲撃を邪魔させないように私に足止めをさせた疑いがあるのだ」

「えっ。私はそんな侍は知りません」

嘘をついているようには思えなかった。

「じゃあ、辻斬りだと教えて来た女だ。その女ではないか」

はっとしたように、友太郎は顔を上げた。

「そうなんだな」

「まさか」

友太郎は信じられないように呟いた。

「詳しく話してみろ」

「三度目に嘉平のところに行ったとき、ちょうど嘉平を訪ねて来たお房《ふさ》という女性に出会ったのです。お房さんは以前に茶屋勤めをしていて、嘉平はそのときの客だったそうで、貸していた金を返してもらうために家を訪ねたそうです。お房さんは私の話を聞いて同情してくれ、自分の家に私を匿ってくれました」

「お房はどんな女だ?」

「二十五、六ぐらい。細身の色っぽい女でした。唇の横に黒子がありました」

「ひとり暮らしか」

「そうです」

「住まいはどこだった?」

「本所回向院裏です」

「そのお房に妙なことはなかったか」

「妙なこと?」

「なんでもいい。たとえば、ときたま、おまえと離れてどこかへ行ったとか」

心当たりがあったのか、あっと友太郎は口を半開きにした。

「確かに。ときたま、どこかに行っているようでした。でも、お房さんは私をいろいろ助けてくれました。おきみを見つけ出してきたのもお房さんです」

「友太郎、よく聞け。そのお房なる者、やはり、辻斬りの仲間だ。そして、その辻斬りは殿村左馬之助だと思われる」

「じゃあ、お房は私を助ける振りをして」

「おそらく、嘉平はおまえが会いに来たとき、驚いて殿村か才蔵のところに相談に行ったのだろう。あるいは嘉平はおまえが現れたことを楯にとってさらに口止め料を要求したのかもしれない。いずれにしろ、殿村は嘉平をいかしておいてはやばいと思い、おまえに罪をなすりつけて嘉平を始末しようとお房をおまえに近づけさせたのだ」

「じゃあ、おきみに大坂屋だと言わせたのも、あの女が……」

「そうだ。事件の責任をすべて大坂屋になすりつけ、おまえに大坂屋を殺させようとしたのだ」

「私がばかだった」

「よいか。この女のことは黙っているのだ。殿村左馬之助という男、身に危険が及べば、必ずお房を始末する」

「わかりました」

「最後まで望みを捨てるな」

「わかりました」

牢屋同心が近づいて来たので、剣一郎は立ち上がった。

剣一郎は船で本所に向かった。さざ波のような不安が剣一郎の胸に起こった。

両国橋の下で船をおり、剣一郎は回向院裏に向かった。

長屋の木戸を入り、井戸端にいた女房にお房の住まいを訊ねた。

「奥から二番目です」

行きかけた剣一郎を女房が呼び止めた。

「お房さんはもういませんよ」

「いない？　引っ越しでも？」

「いえ。亡くなりました」

「なんだと」

剣一郎は女房の顔を食い入るように見て、

「どうしてだ。お房に何があったのだ？」

「立てかけてあった材木が倒れ、運悪く、お房さんの頭に当たったそうです。きのうお弔いを済ませましたよ」

殿村左馬之助の仕業だ。才蔵が死んだあと、友太郎がお房を思い出すかもしれないと先回りをし、口封じのために殺したのだ。

己を守るために、自分の手足となって働いた者たちを情け容赦なく殺す。犬畜生にも劣る奴だ。

「お房のところに若い男がいたはずだが」

友太郎のことを確かめた。

「そういえば、何度か見かけたことがあります」

「お房は何をしていたのだ？」

「回向院前の茶屋に勤めていたそうです。以前は夕方になると、化粧をしてきれいに着飾って出て行きましたから」

そこで、殿村左馬之助に出会ったのか。お孝もお房もあの男振りに惑わされ不幸を招いたのだ。

その後、剣一郎は町役人からお房のことを聞いた。土地の岡っ引きも事故ということで処理したという。

事故当時、なぜ、お房がその場所にいたのか。その理由もわからず、目撃した者とてなかった。

もちろん、殿村左馬之助との関係がわかるはずはなかった。

剣一郎は天を仰いだ。

友太郎の無実を晴らすには、お孝と秀次郎を殺したのが殿村左馬之助であることを明らかにしなければならなかった。

だが、それはもはや不可能と言っていい。

万策が尽きた。剣一郎は珍しく弱音を吐いた。

だが、最後まで諦めぬ。昔、弱音を吐いたとき、兄がいつも剣一郎を叱責した言葉だ。

何か策が残っている。何かがあるはずだ。

両国橋を渡りながら、剣一郎はそのことを考えた。だが、一向に思いつかない。殿村左馬之助は己の出世のためならひとを犠牲にすることなど何とも思わぬ人間だ。良心の呵責などないに違いない。

しかも、殿村左馬之助は御家人であり、奉行所が手の出せない身分だ。よほどの証拠がない限り、御徒目付にも訴えることは出来ない。

おそらく、あの男はさらに賄賂《まいない》を使い、御徒目付への出世を目論《もくろ》むことが予想される。そのため、同じように金を持った女に近づき、女から金を引きださせ、今回と同じような手段を講じるに違いない。

だが、それは早くても数年先のことだ。それまで待てないのだ。今、いや、数日中にも殿村左馬之助の罪を暴かない限り、友太郎を助けることは出来ないのだ。

夕闇が下りてきた。ひんやりした風が頬に当たった。

剣一郎はお弓の家に寄った。

お弓は窶《やつ》れた顔をしていた。

「お嬢さまはあまり食が進みません」

おつねが痛ましそうに言った。

「青柳さま。私、殿村左馬之助と刺し違えて恨みを晴らしたいと思います」

お弓は激しい眼差しを向けた。

「決して早まるではない。よいな。最後まで諦めるではない」

剣一郎は励ましたが、己の声が虚しく響くのを感じていた。


屋敷に帰ると、剣之助がすぐに飛んで来た。

「父上。なんとかならないのでしょうか。友太郎さんは無実なのでしょう」

剣之助はまっすぐな心の目を向けて言う。

「証拠がないのだ。吟味をする浦瀬さまをはじめ、奉行所内のほとんどは友太郎を下手人だと思っているのだ」

「このまま、友太郎さんを死なせていいのですか」

剣之助がむきになった。

お弓は殿村左馬之助と刺し違えても恨みを晴らしたいと言った。だが、左馬之助を殺すだけではだめなのだ。それでは友太郎は助からない。

剣一郎は濡れ縁に出て空を眺めていた。星が瞬《またた》いている。縁の下からこおろぎの鳴き声が聞こえた。

青痣が疼く。兄が斬られたときのことが蘇った。

兄は有能であり、将来を嘱望されていた逸材だった。剣一郎が兄の跡を継ぐようになる出来事が起きたのは剣一郎が十六歳のときだった。

与力見習いだった兄は、ある商家から飛び出して来た強盗一味と出くわし、剣を抜いて対峙《たいじ》したのだ。そのとき、剣一郎もいっしょだった。だが、剣一郎は足が竦《すく》んで動けなかった。道場では兄に肩を並べるほどの腕前だったが、真剣を目の当たりにして恐怖心に襲われたのだ。

兄は浪人者の強盗を三人まで倒したところで四人目に足を斬られた。うずくまった兄に四人目の浪人が斬りかかろうとした。助けにはいらねばと思いながら、剣一郎は剣を抜いたまま立ちすくんでいた。

剣一郎が動いたのは、目の前で兄が斬られたのを見た瞬間だった。逆上して浪人に斬り付けていった。夢中で相手を倒し、兄に駆け寄ったが、兄は虫の息だった。

剣一郎は兄に代わって青柳家を継ぎ、そして与力になった。

だが、兄を見殺しにしたという負い目は、その後も剣一郎を苦しめた。なぜ、兄を助けなかったのか。なぜ、剣を抜いて加勢しなかったのか。

そんな負い目が、剣一郎に無茶をさせたのは当番方与力だった頃のことだ。人質事件に際し、捕物出役したときのことだ。同心たちが手こずっていた賊十人のところに単身で乗り込み、十手一つで叩きのめした。このときに受けた疵《きず》が青痣となって残っている。

この青痣は、二十年も前に死んだ兄の思い出そのものであった。怒りに燃えたとき、苦悩しているとき、まるで兄がいっしょに苦しんでいるようにこの青痣が疼くのだ。

いつの間にか、多恵が傍に来ていた。

「きょうも、長屋のひとたちが野菜を持って来てくれたのですよ」

いきなり、多恵がそんなことを言い出した。

「あのひとたちは貧しくても言いたいことを言い合って精一杯生きています。うらやましいくらい」

「多恵。何が言いたいのだ？」

「あのひとたちの仲間になって暮らしていくのも面白いかもしれないと思ったもので

すから。あなたもきっと気に入ると思いますわ」

微笑みを残して、多恵は去って行った。

「多恵……」

剣一郎は深く頭を垂れた。

多恵は剣一郎がお役御免になっても長屋住まい出来る。だから、自分の思うとおりにやれと言ってくれているのだ。

多恵の心遣いがうれしかった。

しかし、職を失えば一家は路頭に迷う。多恵は覚悟を固めていても、るいはどう思うのか。

剣之助とるいがやって来た。

「父上」

るいが思い詰めた目で言った。

「どうした、何かあったのか」

「私は父上と母上といっしょならどんな暮らしにも耐えられます。どうか、悔いの残らぬようにご自分の思った道をお進みください」

「るい。そなた」

「父上」

剣之助が一歩前に出た。

「私がお弓さんと知り合ったのは何かの縁でございます。私たちがどうなろうと、あのひとたちの苦労に比べたら物の数ではありません」

「そうでございます。るいもどんな苦労にも耐えてみせます」

おそらく、多恵と話し合ったのだろう。そういう決心がつくまで、心の葛藤があったに違いない。

「剣之助。もし、父の身に何かあれば、あとはそなたが青柳家を継ぎ、母上とるいを守っていくのだ。よいな」

職を辞しても、剣之助を取り立ててくれるように頼むつもりだった。

このまま友太郎を見殺しにして与力として生きていくよりも、力の限りを尽くして職を辞す。今、剣一郎の覚悟が定まった。

越権行為と非難されようが、無実の者は助けなければならない。二度と同じ過ちを犯してはならないのだ。

翌日、剣一郎はいつもより早く奉行所に行き、浦瀬和三朗の出仕を待った。

そして、浦瀬和三朗がやって来たのを待って、吟味方の部屋に向かった。

「浦瀬さま。友太郎の儀につき、お話がございます。どうぞ、お時間をいただけませんでしょうか」

浦瀬はじろりと剣一郎を見て、

「青柳どの。差し出がましい口はお控えなされ」

「いや、引けませぬ。どんなお叱《しか》りを受けようが、ぜひお聞きいただきたい」

剣一郎は膝詰めに言う。

「勝手に動き回っているようだな。そなたは専横を極めておる。町廻り同心の働きを信用せず、吟味方与力である拙者のやり方にも不満をぶつける。いくら、『田丸屋』と親しい間柄にあったとしても、そなたのやり方はあまりも露骨過ぎまいか」

「お言葉ではございますが、私は『田丸屋』に依怙贔屓《えこひいき》をしているわけではございません。正しいお裁きをしていただくようお願いしているのでございます」

「なに。拙者の裁きが誤っているとでも言うのか」

「はい。間違っております」

ぞろぞろと出仕して来た他の吟味方与力や同心たちが、ふたりのやりとりを固唾《かたず》を呑んで見守っていた。

「はっきり申し上げます。先の友右衛門のお裁き、そして今度の友太郎のお裁き、いずれも取調べに不備がございます」

浦瀬和三朗のこめかみに青筋が立ち、膝に置いた拳が震えているのがわかった。だが、浦瀬は静かな声で、

「青柳どの。ならば、友右衛門が無実だという証拠がおありか」

「証拠はありませぬ」

「ほう。これは異なことを。証拠もなしに、そなたの言うことだけを信用せよと言うのか。このような無理が通るとでも思っておるのか」

「もう少し違った角度から事件を調べていただけますれば……」

「くどい。証拠もなく、勝手なことを言われても困る」

浦瀬が大声を出した。

橋尾左門が飛んで来て、剣一郎に何か言おうとしたが、剣一郎の固く一文字に結んだ口許にある覚悟のようなものを見たのか、はっとしたように立ち止まった。

やがて、剣一郎は静かに言った。

「友右衛門、友太郎は無実です。絶対に、無実の人間を処罰することはなりません。どうぞ、このことをお含みおきを。失礼いたしました」

剣一郎は深々と頭を下げてから立ち上がった。

剣一郎はそのまま奉行所を出た。

浦瀬和三朗に聞き入れてもらおうと思ったわけではなかった。剣一郎の目的を吟味方の者たちに、さらに奉行所全体に伝えたかったのだ。

今、剣一郎と浦瀬のやりとりを聞いていた中でひとりでもふたりでも、剣一郎の意見に耳を傾けようとする者が出て来てくれることを期待した。

五

九月五日。父の月違いの命日に、お弓は深川の菩提寺に来ていた。

(おとっつあん。兄さんを助けて。おっかさん、あたしたちを守って)

線香の煙がまっすぐたなびいている。

(お孝さん。あなたがつきあっていたのは殿村左馬之助なのですね。あなたは、殿村の出世のためにおとっつあんの金を使っていたのね)

父を裏切っていた継母のお孝もこの『田丸屋』の人間としてこの墓の下に眠っているのだ。

思えば、継母も可哀そうなひとだった。殿村左馬之助に利用するだけ利用された挙げ句、殺されてしまったのだ。

墓参りを済ませ、駕籠で上野新黒門町の裏長屋の家に戻った。五日ほど前に、久松町からここに移ったのである。

「お帰りなさい」

「行って来てくれましたか」

「はい。届物をしてきました」

牢内にいる兄への差し入れだった。牢屋敷の前には、手拭いやちり紙、食べ物などの差入屋が軒を並べており、そこで届物を買って牢屋敷に持って行くのだ。

いつもはお弓が行っていたが、きょうはおつねに代わりに行ってもらったのだ。

二間だけの狭い家だった。だが、ここに長居をするつもりはなかった。

そこで、少し休んでから、お弓は化粧をし、きれいに着飾った。

「お嬢さま。けっして危ない真似はおやめくださいね」

「おつね。わかっているわ」

お弓はおつねに微笑みかけて、

「じゃあ、行ってきます」

と、出かけて行った。

お弓は池之端仲町をつっきり、不忍池の辺にある料理茶屋『たむら』の勝手口から入って行った。

先日から、お弓はここで酌婦として働き出したのだ。

この店は若い酌婦をたくさん揃えていた。芸者ではないので、芸は出来ないが、客の傍に侍《はべ》り、酌をしながら話し相手になる。そして、客の求めに応じて、離れの座敷に行くのだ。

その離れで、殿村左馬之助が才蔵を手討ちにしたのはついこの間だ。その記憶がまだなまなましいが、殿村左馬之助と会うにはこうするしかなかった。

きょう来るか、明日かと待ち構えていたが、きょうまで殿村左馬之助は現れなかった。

だが、この夜、ついに殿村左馬之助がやって来た。連れは鬢《びん》に白いものが目立つ侍で、歳の頃は四十過ぎだろう。

その座敷に、お弓は他の酌婦といっしょに出た。

「おや、そなたは」

殿村左馬之助がお弓に気づいた。

「先日はありがとう存じました」

「おや。殿村はその女を存じておるのか」

連れの侍がきいた。

「はあ。じつはこの者の探していた男が我が家に若党として雇っていた者でして」

殿村左馬之助は曖昧《あいまい》に説明をした。

「美しい女子だ。名はなんと言う？」

連れの侍がお弓に顔を向けた。

「はい。弓と申します」

お弓はその男に酌をした。

「まあ、お弓さんばかしに目をくれて。あたしだっているんですからね」

少しむくれたように、お弓より少し年上の酌婦が言う。

「おう。これは失礼した」

連れの侍は苦笑して、その酌婦のほうに目を向けた。

「どうして、こんなところで働き出したのだ？」

銚子を持つと、殿村が小声できいた。

「はい。兄もあんなことになり、私はひとりぽっちになってしまいました。生きていくためには、こういう仕事につくしか……」

お弓ははかなげに俯き、

「どうか、よろしくお願いいたします」

と、わざと体をつけるように殿村の猪口《ちょこ》に酒を注いだ。

殿村は兄のことをきかなかった。

それから下谷御数寄屋町の芸者がふたりやって来て、座を盛り上げた。ひとりの芸者は三味線を弾き、もうひとりが踊りを披露している間、お弓は殿村左馬之助の傍《そば》にくっついていた。

連れの侍は上役らしく、この席は殿村左馬之助の接待のようだった。

やがて、芸者が引き上げ、連れの侍はもうひとりの酌婦に手を引かれ、離れの座敷に移った。

部屋に、殿村左馬之助とお弓だけになった。

「さあ、呑め」

殿村がお弓に勧めた。

「もう、いただけませぬ」

お弓は殿村にしなだれかかった。

父を罪に落とし、さらに兄まで罠《わな》にかけた男だ。傍にいるだけでも虫酸《むしず》が走る。だが、お弓は耐えた。この男から真実を聞き出すには我慢するしかないのだ。焦《あせ》ってはならない。そう自分に言い聞かせる。こちらの腹の内を悟られたら何もならない。

「お弓。我らも向こうに行かぬか」

殿村がお弓の手をとった。

お弓ははっとして、

「お待ちくださいませ。もう、少し待ってくださいませんか」

「待てと？」

「はい。兄のお裁きがもうすぐ出ると思います。そのお裁きが出るまで、私は身を清めていたいのでございます。そのときはきっと」

そう言って、お弓は殿村の手を握り返した。

「そなたの兄は人殺しの罪で捕まっているそうだが」

「はい。兄は無実なのです。でも、もうそれを証明することは出来ません。ひょっとしたら、才蔵という男が何かを知っていると思ったのですが」

「わしが手打ちにしたのは拙《まず》かったのか」

殿村左馬之助が険しい目をした。

「いえ。たとえ生きていたとしても、兄を助ける証言など得られなかったと思います。もはや、兄を助ける術《すべ》はありません。おそらく、兄は死罪になりましょう」

お弓はふと涙ぐみ、

「父も同じでした。これも運命としか言いようがございません。でも、私は兄を見守ってやりたいのです。清らかな気持ちで、兄の旅立ちを見送ってやりたいのです」

お弓は殿村の胸にしなだれかかり、

「お願いでございます。それまでお待ちください。そのときが来たら、私はあなたさまのものになります」

「よし、わかった。残念だが、それまで待とう」

「ありがとうございます」

兄の死罪は間違いないだろう。兄が殺される日、お弓は殿村左馬之助と刺し違える覚悟でいた。

殿村の顔つきが変わった。いきなり、立ち上がると、隣の部屋の襖《ふすま》を開けた。暗い部屋には誰もいなかった。

「どうなさいましたか」

お弓は訝《いぶか》しげにきいた。

「気のせいか」

ふと、廊下に足音がして、上役が戻って来た。

「いかがでしたか」

殿村がきくと、連れの男は含み笑いをした。

それから四半刻（三十分）後に、ふたりは『たむら』を引き上げて行った。

お弓は駕籠を見送ってから、座敷の後片付けに入った。

「あの殿村さまとごいっしょの御方はどなたなのですか」

お弓はさりげなく他の酌婦にきいた。

「あの御方は御徒目付組頭の原田宗十郎《はらだそうじゆうろう》さまよ」

「御徒目付組頭？」

御目付が若年寄の耳目となって、旗本や御家人などを監察する。その御目付を補佐し、巡察・取締りをするのが御徒目付だ。さては、万が一に備えて、御目付を籠絡《ろうらく》しておこうというつもりなのか。

「まさか、殿村さまは何かやましいことがあって？」

「違うわ。殿村さまは御徒目付の職を狙っているんでしょう」

「御徒目付?」

「ちらっと、そのようなことを話しているのを聞いたことがあるわ。さあ、早く片付けちゃいましょう」

朋輩《ほうばい》に煽《あお》られて、片付けながら、お弓は改めて殿村左馬之助の狡猾《こうかつ》さに舌を巻き、そして悔しさに歯噛《が》みをした。

目付組頭を籠絡しておけば、いざというときに有利になるという計算も働いたに違いない。

ますます、殿村左馬之助を追い詰めることは出来なくなったと悟らざるを得なかった。

六

その夜、屋敷に文七がやって来た。

「なに、お弓が『たむら』で働いていると?」

文七の報告に、剣一郎は覚えず声がうわずった。

文七には殿村左馬之助の周辺のことを調べさせていたのだ。

「殿村左馬之助に近づくためか」

「そのようです。それから、殿村は御徒目付組頭の原田宗十郎を接待しておりました」

「御徒目付組頭だと。なるほど。今度は殿村は御徒目付の役を狙っているのか」

「そのようでございます」

「よいか。引き続き、殿村左馬之助を張ってくれ。それから、お弓にも気を配るように」

「わかりました」

庭のくらがりに文七が消えたあと、多恵がやって来て、橋尾左門の来訪を告げた。

「なぜ、上がって来ぬ?」

多恵にきいた。いつもなら、勝手に部屋に上がって来るのだ。

いつぞや、もう絶交だと喧嘩別れしたことが気になっているのかもしれない。多恵に通すように言い、客間で待っていると、左門はいつになく小さくなって入って来た。

「いやあ、多恵どの。すみません」

茶を運んで来た多恵に会釈をした。いつもなら無駄口をきくのだが、今夜はおとなしい。多恵が声をかけても、俯《うつむ》いて小さく返事をするだけだった。

多恵が部屋を出て行ってから、左門が口を開いた。

「剣一郎。困ったことになった」

いきなり、左門が切り出した。

「何があったのだ？」

剣一郎は左門の真剣な眼差しについ身を乗り出した。

「友太郎のことだ」

左門も膝を進めた。

「友太郎の取調べはきょうで八回を数えた。友太郎はいまだに自白をしない」

「当たり前だ。友太郎は無実なのだ」

剣一郎は吐き捨てた。

「うむ。そこでだ。俺は思い切って、浦瀬さまに願い出てみた。お吟味を代わりましようかと」

左門はあわてて、

「いや。あからさまに言ったわけではない。浦瀬さまも他に取調べの下手人をたくさん抱えていてたいへんだろうから、友太郎の件を私が引き継いでも構いませんがと」

「それで?」

「いや。言下に断られた。その必要はないと」

「そうだろうな」

「で、困ったことになったというのは、浦瀬さまはお奉行に拷問の申請をしたのだ」

「なに、拷問」

剣一郎は拳を握りしめた。

いつまでも吟味方与力はひとりの下手人に関わっているわけにはいかない。だから、なかなか自白を得られなければ拷問という手に打って出る。

拷問の結果は目に見えている。友右衛門も拷問に耐えきれずに嘘の自白をしてしまったのだ。友太郎とて拷問に耐えられないかもしれない。

「ただ、友太郎が拷問にも耐えてくれれば道が開ける。長期間にわたっても自白しないときは吟味方の交替もあり得るのだ」

左門はさらに膝を進め、

「剣一郎。友太郎はどうだ、拷問に耐えられそうか」

と、きいた。

剣一郎は腕組みをして目を閉じた。

友太郎は拷問に耐えられるか。いや、先の見通しが立てば頑張りもしよう。だが、絶望的な今の状況では、友太郎は自暴自棄から嘘の自白をしかねない。

「おそらく、持つまい」

腕組みを解き、剣一郎は目を開けた。

「では、剣一郎。おぬし牢屋敷に行き、友太郎に会って、拷問に耐えるように言え。そしたら、吟味方の交替もあり得る」

「左門」

剣一郎は口調を変えた。

「なぜ、そこまで?」

「俺は別に浦瀬さまのお取調べを疑っているわけではない。ただ、俺が引き継いで吟味をし直し、それでもなおかつ友太郎の犯行に間違いないとわかれば、おまえの気が済む。そう思ったから、買って出たのだ」

「そうか。すまない」

剣一郎は頭を下げた。

「よせ。俺はただ剣一郎と仲違《たが》いをしたくないからだ。別に感謝されるようなことではない」

左門は言ったあとで、

「ただ、拷問は必ずしも下手人に不利とばかりは言えない。御徒目付が立ち合うからだ」

拷問は老中が許可を与えることによってはじめて行えるのだ。つまり、公儀の命令であるので、御徒目付・御小人目付が立ち合うのだ。

それに、すぐに拷問に入るわけではなく、その前にもう一度尋問がある。このとき、御徒目付・御小人目付が友太郎の容疑に疑問を持ってくれたら吟味を中止し、あらたな展開になる。

左門はそのことを期待したのだが、剣一郎は悲観的だった。

「御徒目付・御小人目付が器量のある者だとしたらいいんだが」

剣一郎は正直言って、浦瀬和三朗の取調べに大きな瑕疵《かし》があるとは思っていないからだ。状況はやはり友太郎に不利だ。ことは友右衛門の事件が無実かどうかですべてが決まる。その友右衛門の事件がそのままでは、どんなに有能な御徒目付・御小人目付が立ち合ったとしても友太郎の無実を見抜くことは難しいだろう。

第一、御徒目付・御小人目付が友太郎の罪に疑いを差し挟むことがあるのであれば、この左門もそれを感じるはずなのだ。

「ともかく、明日、牢屋敷に出向き、友太郎に会って来る」

「そうしろ」

「しかし、友太郎に面会出来るか」

所定の手続きを踏まずに勝手な真似は許されまい。これが奉行所での取調べのために奉行所にやって来たのならこっそり仮牢から呼び出すことが出来たが、拷問を申請したとなると、今後の取調べは小伝馬町の牢屋敷にある穿鑿所《せんさく》で行われることになる。

その不安を口にすると、左門は懐《ふところ》から文を出した。

「俺が親しくしている田原次郎兵衛《たはらじろべえ》という鍵役同心がいる。その同心にこの手紙を渡せ。なんとかしてくれるはずだ」

鍵役同心は牢屋の鍵を預かっている古参同心だ。

左門も拷問やら刑の宣告やらで牢屋敷に出向くことも多く、親しくなった牢屋同心が少なくないらしい。

「左門。恩に着る。やはり持つべきものは友だ」

「いやあ」

左門は照れたように笑った。

翌日、剣一郎は小伝馬町の牢屋敷を訪れた。

表門に立ち、剣一郎は編笠をとり、

「これを鍵役同心の田原次郎兵衛どのにお渡し願いたい」

と、左門の書いてくれた文を門番に渡した。

「はっ。少々お待ちください」

門番も、青痣与力の名は知っていたようだ。すぐに文を持って、牢屋同心の組屋敷に向かった。

やがて、黒の羽織を着た丸顔の同心がやって来た。

「田原次郎兵衛でございます。さあ、どうぞ」

と、次郎兵衛は剣一郎を同心長屋の端にある部屋に案内した。牢医者の診察所だった。友太郎を病気治療という名目で牢屋から連れ出すようだ。

「ここでお待ちいただけますか」

「かたじけない」

「いえ。橋尾さまにはお世話になっておりますし、青柳さまのお噂《うわさ》はかねがね承《うけたまわ》っておりますので。少し、お待ちください」

そう言い、次郎兵衛は配下の同心を連れて、牢のある敷地に向かった。

牢医者は今はいない。殺風景な部屋だ。

少し待たされて、ようやく牢屋同心に連れられて、後ろ手に縛られた友太郎がやって来た。すっかりやせて面変わりしており、胸の衝《つ》かれる思いだった。

剣一郎の顔を見て、友太郎は目を見開いた。

「友太郎。具合はどうだ？」

「はい。なんとか」

弱々しい声だ。

「友太郎。よく聞け。拷問を受けることになる」

眉を寄せたが、友太郎はそれ以上の反応を示さなかった。

「よいか。辛いだろうが、拷問に耐えるのだ。何があっても自白してはならない。あくまでも自分の潔白を訴えるんだ」

「青柳さま」

友太郎は聞き取りにくいか細い声で、

「ありがとうございます。でも、私はもう疲れました。あとはお弓に託します」

「何を気の弱いことを言っているのだ。最後まで諦めてはならぬ」

「もう、おとっつぁんの無実を晴らすことは叶いそうにもありません。このまま生き長らえても意味がありません」

「何を言うのだ」

剣一郎は友太郎の肩をつかみ、

「きっと真実は明らかになる。頑張るんだ」

と、懸命に励ました。

「おまえが死んだらお弓はひとりぼっちになってしまう。お弓が嘆《なげ》くことになってもいいのか」

「もう、私はこんな理不尽な世の中に生きていたくはありません。もう獄門になろうが、何とも思いません」

「ばかやろう」

剣一郎は覚えず友太郎の右頰に平手打ちを食わせた。

だが、友太郎は虚ろな目を膝に落としているだけだった。剣一郎は啞然《あぜん》とした。友太郎はもはや生きる気力を失っている。

それ以上何を言ってもだめだった。剣一郎は悄然《しょうぜん》と牢屋敷を後にした。

七

数日後、老中よりの拷問の許しが出て、浦瀬和三朗は牢屋敷に出かけた。そして、その日、拷問をはじめるまでもなく、友太郎は自白をしたのだ。

口書によって、例繰方で判例を調べて案を作り、それをもとに御用部屋手付けの同心が処刑の案文を作ってお奉行に提出した。

それからお奉行の取調べも何ら問題なく終わった。

翌日、登城したお奉行は友太郎に関する一件書類を老中に提出した。

その書類は老中から将軍に渡り、そして、将軍の裁可が出た。刑が確定したのだ。

市中引廻しの上に死罪である。自白から七日目のことだった。

その日、同心の内野佐之助がお弓の家にやって来た。

「お弓。友太郎の死罪が決まった」

目が眩《くら》んだのは一瞬だった。かねてから覚悟のことだった。

お弓は大きく息をつき、

「承りました。ありがとうございました。で、いつなのでしょうか」

「明日だ」

「明日……」

「心安らかに、兄の冥福を祈るのだ。くれぐれも、よけいなことを考えるではないぞ」

「わかりました」

内野佐之助が引き上げたあとも、お弓はその場に座ったままでいた。

頭の中が真っ白で、しばらく虚脱状態だった。

ふと軒を打つ雨音が聞こえた。だいぶ前から降り出したようだった。まるで、天が兄の死罪を嘆き悲しんでいるように思えた。

お弓は小机の前に向かった。そこに父と母の位牌が飾られていた。線香に火を点け、手を合わせた。

「おとっつあん、おっかさん。兄さんがもうじきそっちに行きます。私も少し遅れて行きますから、あの世で、また家族揃って……」

あとは声にならなかった。

位牌の横に置いてある文を手にとった。牢内の兄から届いたものである。牢内で兄といっしょだったひとが出獄のとき、こっそり兄から預かったといって持って来てくれたものだ。

――お弓。俺はもうだめだ。あとを頼む。せめて、真の下手人を探して無念を晴らしてくれ。すまねえ。おめえにまで地獄を味合わせてかんべんしてくれ。友太郎。


兄は才蔵が殺されたときから覚悟を固めていたのだ。

兄さん、私は必ずやりとげます。おとっつあんの汚名をそそぐことは出来なかったけど、兄さんがだめなら私があとを引き継いで復讐するというのは最初からの約束でした。その覚悟は出来ています。兄さん、あとのことは心配なく、一足先におとっつあんとおっかさんの所に行って待っていて。

お弓は心で兄に呼びかけた。

夕方になって、お弓は番傘をさして『たむら』に出かけた。

暮六つ（六時）に殿村左馬之助がひとりでやって来た。羽織の肩が雨に濡れていた。

「ひどい雨だ」

「こんな日に来てくださったのですか」

お弓は手拭いで殿村の羽織を拭いた。

酒を喉に流し込んで、

「うむ。やっと一息ついたぞ。冷たい雨だったからな」

と、殿村は満足そうに呟いた。

途中、女将があいさつに来たりして、やがてお弓とふたりきりになった。

「お弓。どうした？　なんだか元気がないな」

猪口を手にして、殿村がきいた。

「すみません。お見苦しいところを」

お弓は袂《たもと》を目に当てた。

「何があったのだ？」

「はい」

お弓は言いよどんだように俯いていたが、やおら顔を上げ、

「じつは兄に死罪が言い渡されたのです」

「死罪？」

殿村は眉を寄せた。

「はい。明日、お仕置きだそうです。引廻しの上に死罪ということに」

「そうであったか。さぞかし、驚いたことだろう」

「かねてから覚悟をしていたことですけど、いざ死罪の宣告を受けるとなると、すっかりうろたえてしまって」

「無理もない」

「でも、これでかえってすっきりいたします。悲しいと同時に、不思議なことに肩の荷が下りたような気もしております」

「そんなものかのう」

殿村は猪口を口に運んだ。

「明日はお仕置きですが、またこちらに来ていただけませぬか」

「うむ？」

「明日は離れのお座敷で存分に可愛がっていただきとう存じます」

「よし。わしが悲しいことをすべて忘れさせてやろう」

「ほんとうに？」

「ほんとうだとも」

「うれしい」

お弓は殿村の肩に顔をつけた。

明日は兄の命日になる。が、殿村左馬之助の命日にもなるのだ。お弓は激しく目をぎらつかせた。

九月十三日。雨は夜半には上がり、朝から晩秋のやわらかい陽射しが日本橋川に落ちていた。

お弓は江戸橋の袂で待っていた。

やがて、引廻しの一行が見えてきた。六尺棒を担いだふたりの男を先頭に、捨札を持った男、突棒、刺股などの捕り物道具を持った男が続いた。

お弓は野次馬をかきわけた。馬上高く、後ろ手に縛られた兄がやって来た。

お弓はじっと兄を見続けた。

だが、お弓には気づかないようだった。

馬が静かに目の前を過って行った。

そのあとに、騎馬で陣笠、陣羽織、袴姿の検使与力や警護の同心たちが続いた。

お弓は涙をこらえて江戸橋を渡って行く兄を見送った。

八

江戸橋を渡った引廻しの一行は、さらに楓川にかかった海賊橋を渡って、八丁堀の組屋敷に入って来た。

剣一郎は吟味方与力浦瀬和三朗の屋敷を訪れた。

妻女は浦瀬は部屋に引っ込んだままだと言う。

「浦瀬さまのところまで案内してください」

剣一郎は妻女に頼み、返事も聞かずに、

「御免」

と行って、強引に上がり込んだ。

部屋の前の廊下に跪《ひざまず》き、

「青柳剣一郎でございます。無礼をお許しください。お怒りは覚悟の上でまかり越しました」

と、障子の向こうに声をかけた。

「間もなく、引廻しの一行がこちらに差しかかります。どうぞ、友太郎の最期の姿をお見届けください」

しかし、中から声はなかった。

「浦瀬さま」

もう一度、呼びかけた。

「どうか。表に出て、友太郎の顔を」

裸馬の背に後ろ手に縛られた姿から、友太郎の無罪の可能性を見出して欲しいという願いがあったのだが、返事がないので、剣一郎は思い切った行動に出た。

「御免」

と言い、剣一郎は障子を開けた。

部屋の真ん中で、浦瀬和三朗は目を閉じて座っていた。

「浦瀬さま」

剣一郎は呼びかけた。

だが、浦瀬の体は微動だにしなかった。

剣一郎は嘆息してから、一礼をし、その場を離れた。

浦瀬の屋敷を出ると、ざわめきが近づいて来た。

六尺棒を持った男が現れた。その後ろに馬上高く友太郎の顔が見えた。

八丁堀の往来の両脇に、与力や同心、岡っ引きなどが並び、裸馬に乗せられた友太郎がやって来ると、無意識のうちに頭を下げた。

髷《まげ》はそそけだち、無精髭を生やし、土気色になった友太郎の顔は無念の形相をしていた。すべての望みを失ったかのようだが、ときおり俯けていた顔を上げるたびに目から鈍い光を放つのを見つけた。

お弓を探しているに違いないと、剣一郎は思った。

引廻しの一行は八丁堀を突っ切ったあと、再び楓川に出て松幡橋を渡って行った。

沿道で見送った人々の中に、定町廻り同心の内野佐之助の顔もあった。

剣一郎は近づいて行った。

「よいか。友太郎の姿を目に焼き付けておくのだ」

その一言を口にしただけで、剣一郎は踵を返した。

奉行所に出仕した剣一郎はお奉行に面会を求めた。だが、まだ、お奉行は下城していなかった。

宇野清左衛門が剣一郎の顔を見て、空いている部屋に呼びつけた。

「青柳どの。御徒目付組頭の原田宗十郎どのから返事が来た。会ってもよいとのことだ」

「ほんとうでございますか」

「うむ。ちと遅かったが」

宇野清左衛門は武鑑などもそらんじ、大名だけでなく旗本までの名前が頭に入っているると言われている。その清左衛門に頼み、御徒目付や御小人目付の上役に相当する御目付に会って御徒目付組頭の原田宗十郎と会えるように取り計らって欲しいと願い入れておいたのである。

やっと、御目付の許しが出て、原田宗十郎も会うことを聞き入れてくれたとのことだった。

それから一刻（二時間）後、剣一郎は本郷にある原田宗十郎の組屋敷を訪れた。すでに、陽は大きく西に傾いていた。

名乗り、会ってくれたことへの礼を言いかけると、原田宗十郎は、

「挨拶は抜きだ。火急のことだそうだから、用件だけを聞きましょう」

と、言った。

「はい。されば、原田さまは池之端仲町の料理茶屋『たむら』にて御徒衆の殿村左馬之助と酒席を共にされたそうでございますが」

原田宗十郎は少しうろたえたように、

「そこまで調べておったのか」

と言い、不快な顔をした。

「殿村左馬之助を調べていて、たまたま原田さまとごいっしょのところを見かけたのでございます」

「まあよい。それで？」

「あのとき、お席に侍った、お弓という酌婦を覚えておいででしょうか」

「お弓とな。おお、確か、殿村の傍に侍っておった美しい女子だったな」

「さようでございます。そのお弓は本日引廻しの上に死罪になる友太郎という男の妹でございます」

「うむ」

「お弓は木綿問屋『田丸屋』の娘でございました。なぜ、お弓が『たむら』で酌婦をするようになったのか。それは、父の仇、そして兄の仇を討つためでございます」

「なんだと」

原田宗十郎の顔色が変わった。

「仇の名は殿村左馬之助。おそらく、今宵、お弓はそれを実行に移すかと思われます。兄の命日に」

「それはまことか」

「原田さま。お聞きください。お弓、友太郎の父、田丸屋友右衛門が無実の罪で獄門になったのも、すべて殿村左馬之助の企みがあったからでございます」

剣一郎が事件の経緯を説明し終えたとき、原田家の家人が、

「青柳どのの配下の文七なる者が参りました。ただいま、引廻しの一行が本郷四丁目の角を曲がりましたよしにございます」

と、伝えに来た。

「原田さま。ぜひ、そのお目で友太郎を見ていただきたく存じます」

剣一郎の気迫に押されたように、原田宗十郎は頷き、すぐに立ち上がった。

剣一郎と原田宗十郎は本郷春木町の町角に立った。すでに沿道の坂道には引廻しの一行を見ようと、大勢の野次馬でごった返していた。

六尺棒を担いだふたりの男が目に飛び込んだ。引き続き、捨札を持った男、突棒、刺股などの捕り物道具を持った男が現れ、そして、馬上の友太郎が近づいて来た。

父友右衛門が通った同じ道を友太郎は同じ罪人として辿っているのだ。友太郎の顔がはっきりわかるまで近づいて来た。

原田宗十郎はじっと友太郎の顔を見つめている。

友太郎が行き過ぎたとき、沿道にいた僧侶が突然読経をはじめた。読経の声が悲しく切なく胸に響いた。

「原田さま。どうか。今宵、私にお付き合いください。伏してお願い申し上げます」

剣一郎は深々と腰を折った。

九

引廻しの一行は今戸から引き返し、再び花川戸を通り、蔵前通りをまっすぐ行き、浅草御門を通り抜けて、馬喰町に入り、そのまま西に向かった。

お弓は小伝馬町の牢屋敷の裏門の傍に立っていた。もう辺りは薄暗くなっていた。野次馬からざわめきが起こった。一行がやって来たのだ。

目の前を兄が通って行く。もう先頭は牢屋敷の裏門に差しかかっていた。兄と目が合った。お弓は力強く頷いた。目顔で、あとは任せてと言うと、兄の口許が安心したように綻《ほころ》んだ気がした。

やがて、兄を乗せた馬が裏口に消えて行った。父を見送ったときの悲しみが蘇り、胸から込み上げてきそうになったが、お弓はそれに耐えた。

お弓にはまだやらなければならないことがあるのだ。悲しみに浸っている余裕はなかった。

気を取り直し、お弓はその場を離れた。そして、駕籠に乗って、不忍池の辺にある『たむら』に向かった。

兄は、牢屋敷内にある刑場で斬首されるのだ。込み上げてきそうになる涙を、お弓は必死にこらえ、復讐の炎を燃やした。

それから一刻(二時間)後に、お弓は殿村左馬之助の席にいた。

「兄は、もうお仕置きになったものと思われます」

お弓が言うと、殿村はふと猪口を運ぶ手を止めた。

「そう言えば、引廻しがあったそうだな」

「はい。今はただ、兄が見苦しい最期を遂げたのではないことだけを祈るのみでございます」

「兄を助けたかったか」

「いいえ。これも運命でございます。これでかえって私も新しい生きかたが出来ると思います。さあ、どうぞ」

お弓は銚子をつまんだ。

「そなたのことは私が面倒みよう」

「ほんとうでございますか」

「今宵。よいな」

「はい。そのつもりで参りました」

お弓は震えを帯びた声で答えた。

それからしばらく酒と料理で時間を過ごしたあと、お弓は殿村を伴い、廊下突き当たりの出口から庭に出て、庭石を踏みながら離れの座敷に向かった。

池の水に月が映っている。離れの座敷に上がった。

襖を開けると、有明行灯の明かりが薄紅色の柄のふとんを浮かび上がらせていた。

部屋に入るなり、殿村がお弓を抱きしめて来た。

殿村の唇が頬に触れる。お弓はじっと耐えた。

「お待ちください」

やっと殿村の腕の中から逃れ、お弓は部屋の隅のくらがりに行き、後ろ向きになって帯を解きはじめた。

背後で、殿村も着物を脱いでいる気配がした。

お弓は襦袢姿になった。そして、袖に短刀を隠した。

(兄さん。お弓を守ってください)

お弓は気づかれぬように深呼吸をして、枕元に腰を下ろした。すでに、殿村はふとんに入っている。

お弓はそっとふとんに足を入れた。殿村は目を閉じている。

これまでの溜まっていた感情が噴き出してきた。継母お孝を騙し、父の金を奪い、そしてお役に就くことが出来るとなって、邪魔になったお孝を秀次郎と共に殺し、それを目撃した寮番の喜助も殺害。その罪を父になすりつけたのだ。

さらに自分に手を貸した嘉平やおきみ、そして才蔵までも殺したのだ。

己のためなら他人の命など虫けらのように殺すことも厭わぬ冷酷な男。それが殿村だ。今こそ、父と兄の仇を討つ。お弓が短刀の柄に手をかけたとき、

「お弓」

と、いきなり殿村左馬之助が鋭い声を放った。

はっとして身を引くと、殿村はぬっと体を起こして、お弓の手首をつかんだ。

「あっ、何をなさるのですか」

殿村はお弓の体を引き寄せた。あっと小さく叫んで、お弓は手をついた。その拍子

に、短刀が袖から落ちた。

短刀を奪い、

「やはり、こういうことだったのか」

と、殿村は口許に冷笑を浮かべた。

お弓は後退《あとじさ》った。

殿村は短刀を抜き、

「お弓。おまえの魂胆はわかっていた」

「あなたがお孝とつきあっていたのですね」

お弓は恐怖に引きつりながら言う。

「そうだ。察しのとおりだ。お孝は俺の女だった。『田丸屋』の後添いになるのも俺が勧めたのだ。『田丸屋』の金を使うためにな」

「それなのに、なぜお孝を殺したのですか。女形《おやま》の秀次郎まで」

「冥土《めいど》の土産《みやげ》に聞かせてやろう。お孝を殺したかったわけではない。秀次郎が許せなかったのだ」

「秀次郎が?」

「あの女形をお孝の相手に偽装していたが、だんだん図に乗り出し、分け前を多く寄越せと俺を脅迫しだした。せっかく、お役に就こうというときに、あの男はやっかい者になったのだ。お孝も足手まといになっていたので、この際、ふたりを始末してしまおうと企てたというわけだ」

「それで、父を罠にかけたのですね」

「あのような結果になるとは予想外だった。友右衛門が女房とその不義密通の相手の秀次郎を殺るぶんにはお咎《とが》めはない。そう踏んだのだ。だが、手違いが起こった」

殿村は怯《おび》えているお弓をいたぶるかのように己の企みを話している。

「あの夜、望みの金を与えると、秀次郎を今戸の寮に誘《おび》き出した。そして、ふたりを殺したまではよかったが、追い払ったはずの寮番の老人が戻ってきやがった。現場を見られたというわけだ。やむなく、その老人を始末したのだ。断っておくが、殺ったのは才蔵だ」

金で雇った嘉平が友右衛門を寮に誘き出したあと、友右衛門を殴って気絶させ、才蔵と嘉平に友右衛門を川っぷちまで運ばせた。

「あの火事は火を放ったわけではない。誤って燭台を倒してしまったのだ。あの火事は事故だった」

父はそのために放火の罪も加えられたのだ、とお弓は唇を噛んだ。

「金で転ぶような奴は金に汚い。秀次郎のごとく、嘉平もそうだった。やがて、俺を脅迫しだした。おまえの兄が真実を知りたがってやって来たから、黙っていて欲しければ五十両出せとな。おまえの兄も運が悪かったのだ」

殿村は平然と続けた。

「おまえの兄が事件を探っているというので、お房という女をおまえの兄に近づかせたのだ。協力する振りをして、おきみという女に大坂屋の仕業だと言わせ、そのあとでおきみを殺した。おきみもお孝と俺の関係を知っている。いつか災いになるといけないので、才蔵に殺させた」

「才蔵も、お房さんも自分の邪魔になる人間は皆殺していったのですね」

「もう、これ以上語ることはあるまい。どうだ、もうこれで思い残すことはあるまい」

殿村は不気味な笑みを浮かべた。

「おまえは兄のあとを追って自害をするのだ。だが、殺す前に、その体をいただこう」

いきなり殿村がのしかかって来た。

「やめて」

お弓が絶叫する。

「やめろ」

襖が開いて、誰かが飛び込んで来た。

お弓は目を見張って、飛び退いた殿村と対峙している武士を見つめた。

十

剣一郎はお弓を助け、殿村左馬之助と向かい合った。

「無礼者。八丁堀の分際で」

殿村が憤怒《ふんぬ》に顔を紅潮させた。美しい顔が醜く変わった。

「殿村左馬之助。見苦しいぞ」

原田宗十郎が前に出た。

「あなたは」

殿村は目を剝《む》いた。

「殿村左馬之助。おぬしの告白、この耳でしっかと聞いたぞ」

剣一郎は叫んだ。

いきなり殿村は床の間にかけてあった刀を手にし、庭に逃れた。剣一郎は追った。

石灯籠の前で、殿村が振り返った。

「友右衛門、友太郎の仇だ。容赦はせぬ」

「いつぞやの決着をつけてやる」

殿村は抜刀し、鞘を草むらに放った。

「やはり、辻斬りの正体はおぬしだったな」

剣一郎は鯉口を切った。

襦袢の胸がはだけ、追い詰められた狂犬のように口許に締りがなく、殿村に美男の面影はなかった。ただ、凶暴な怒りを全身から発散させていた。

月が雲間に隠れ、殿村の姿を闇に隠した。その刹那、白刃が上段から空気を裂いて襲い掛かってきた。剣一郎も抜刀し、その剣を弾き返した。

続けざま、狂気のような激しさで、またも上段から打ち込んで来た。今度も相手の剣をはね返した。さらに三たび打ち込んできたのを弾き返し、剣一郎は後方に飛び退いた。

間断なく、殿村は上段から襲ってくる。

四度目、今度はその剣を頭上で受け止め、鍔《つば》迫《ぜ》り合いになった。

鬼のような形相で殿村は押し返す。押し合いながらぐるりと向きを変えたところで、両者はぱっと離れた。

剣一郎は正眼に構えた。殿村は上段に構えをとり、じりじりと間合いを詰めてきた。

剣一郎は間を詰める。十分に間が詰まったとき、跳躍しながら殿村の剣が上段から襲い掛かった。剣一郎はすくい上げるように相手の剣を弾き返す。休む間もなく、再び上段から吠えるような気合とともに打ち込んで来た。それを払うと、なおも、凄まじい攻撃が続けざまに襲ってきた。そのたびに、剣一郎は剣を弾く。剣と剣がぶつかりあう鋭い音が夜陰に響いた。

剣一郎は防戦一方だった。休む間もなく、殿村の構えが上段に移った刹那、殿村の柄を持つ右手の動きがさっきと違うことを感じ取った。次の瞬間、殿村は今度も上段から打ち込むと見せかけて、左手一つで剣をつかんで剣一郎の脾腹《ひばら》をめがけて横にないできた。

が、剣一郎の体は無意識のうちに反応していた。剣一郎は激しく跳躍し、上段から殿村の肩に剣を打ち込んだ。

殿村は片膝をついた。剣を持つ手はだらりと下がり、斬り口から血が噴き出していた。

呼吸を鎮めながら、剣一郎は殿村を見守った。残った左手で襲い掛かってくるかもしれないと用心したのだ。

案の定、殿村は左手で右手の剣を摑む。が、殿村はその切っ先を自分の喉に向けた。

「やめろ」

鋭く叫び、剣一郎はその剣を弾き飛ばした。

「おまえには友右衛門、友太郎の無実を明かしてもらわねばならぬのだ」

肩の傷口を押さえ泣いているかのように呻いている殿村に、剣一郎は言った。

「もう一日早ければ、兄を助けることが出来たかもしれなかったのに」

お弓が庭に下り、殿村を見下ろしながら言った。

「いや。この男は友太郎が斬首されたあとだから、あのような告白をしたのだ。友太郎が生きていたらいまだに猫をかぶっていたに違いない」

「なんという奴」

原田宗十郎が吐き捨てた。

そのとき、玄関のほうから父上とけたたましく呼ぶ声が聞こえた。

「あの声は……」

「剣之助か」

何事かと、剣一郎は大声を出した。

「父上。探しました。友太郎さんの処刑が停止されたそうです」

「なに、今、なんと申した？」

「友太郎さんはご無事です」

お弓が悲鳴のように叫んだ。

「剣之助さま。兄が無事だと、それはほんとうですか」

お弓の表情に生気が漲《みなぎ》った。

「はい。処刑寸前で、お奉行の急使が間に合ったそうです」

お弓の喜ぶ顔を見て感動したのか、剣之助の声はうわずっていた。

「で、兄は今、どちらに？」

「弱った体の手当てのために、小伝馬町にある町医者のところに移されたようです」

「お弓、よかったな」

剣一郎はやさしい声をかけた。

「はい。ありがとうございます」

涙で、お弓は声にならなかった。

「よし。これから友太郎に会いに行くのだ。剣之助、送ってやれ。父もあとから行く」

「はい」

お弓は部屋に戻って着物を整え、剣之助と共に出立した。

そこに知らせを聞きつけ、町方がやって来た。

「青柳どの。あとのことは私が責任を持つ」

原田宗十郎も目を潤《うる》ませていた。

「かたじけのうござる」

あとのことを原田宗十郎に頼み、剣一郎は駕籠で奉行所に急いだ。

半刻（一時間）後、剣一郎が年番部屋に入って行くと、深夜にも拘《かか》わらず、宇野清左衛門や長谷川四郎兵衛の顔があった。

「宇野さま」

「おう、青柳どの。待ちかねたぞ。喜べ。友太郎の処刑が中止になった」

宇野清左衛門は顔面を綻ばせて言う。

「いったいどういうわけで？」

「浦瀬どのがお奉行に訴えたのだ」

「浦瀬どのが？」

「そうだ。このたびの処刑中止には浦瀬どのの奔走があったればこそ。詳《くわ》しいことは浦瀬どのに聞くがよい」

「浦瀬どのはいらっしゃるのですか」

「さっきから詮議所にいる」

「詮議所？」

吟味方与力の取り調べるお白州だ。友太郎を取り調べた場所である。

そこの襖を開けると、浦瀬和三朗がまるで吟味をはじめるかのように座っていた。

「浦瀬さま」

剣一郎は声をかけた。

「青柳どのか」

剣一郎は浦瀬の傍らに膝を進め、

「このたびは友太郎の儀、このとおり感謝申し上げます」

と、頭を下げた。

「いや。礼を言うのは私のほうだ。私はたいへんな過ちを二度も犯すところだった」

「しかし、このたびのことはどうして？」

「拷問の日、私は牢屋敷の穿鑿所に友太郎を呼び出した。拷問の前に、今一度の自白を促そうと説諭を試みようとするより先に、友太郎が自ら進んで自白をはじめたのだ」

浦瀬は息を継いでから続けた。

「すぐに口書をとり、本人に読み聞かせをし、拇印《ぼいん》をとった。最初は拷問の恐ろしさに自白をする気になったものと思っていたが、お奉行の取調べにも素直に自白をしたと聞き、少し妙に思うようになったのだ。あの自白はただ拷問を恐れたのではないのかもしれないと思えてきたのだ」

「それはまたどうして？」

「あの友太郎の諦念《ていねん》を抱いた姿が私の胸に深く突き刺さったのだ。罪を悔いての、あるいは追い詰められた末のものではない。あの目には世の不条理を嘆いた悲しみが宿っているように思えた。そう思ったのも、青柳どのの友太郎は無実だと訴える姿に己の利害を越えた崇高なものを感じ取ったからだ。ひょっとして友太郎は無実だったのではないかと思えてきた。だが、すでに処刑の裁可が下り、明日の処刑が決まっていた」

浦瀬は声を震わせ、

「私はただちに穿鑿所の拷問に立ち合われた御徒目付と御小人目付の両人を訪ね、率直な意見を聞いた。おふたりとも、友太郎の自白に不審を抱いていたが、私に遠慮してあえて異を唱えなかったとのこと。それで、急いでお奉行に友太郎の助命を願い出たのだ」

それがゆうべのことだったという。

「今朝、そのほうが我が家に私を訪ねてきてくれたが、私はお奉行の返事を待っている状態であったのだ」

「そうでございましたか」

「今朝、お奉行は登城し、老中に処刑の中止を申し出、ただちに将軍の裁可を求め、ようやく処刑寸前に牢屋敷に駆け込むことが出来たのだ」

そのとき、すでに牢屋奉行の石出帯刀《いしでたてわき》や検使与力が臨場し、友太郎は刑場にて面紙で目隠しをされ、羽織・着流しの首斬役の支度が整っていたという。

「私は今から思えば友太郎の犯行に不審を持っていたのかもしれない。だが、それを認めれば、友右衛門の裁きが過ちだったということになってしまう。そのことを内心では恐れ、やみくもに友太郎を罪に持って行こうとしてしまったようだ」

浦瀬が慙愧《ざんき》に堪えないように目を瞑《つむ》った。

数日後、事件の首謀者が殿村左馬之助であることが明らかになり、田丸屋友右衛門、友太郎の事件につきふたりとも無罪であったことを知らせる町触れが各町の自身番に張り出され、さらに高札場においても、奉行所がこの事件について重大な過ちを犯したことを認め、田丸屋友右衛門、友太郎の無罪を告知した。

もちろん、瓦版もこの事件を大々的に報じた。

友右衛門、友太郎のふたりを捕らえた同心の内野佐之助及び、吟味方与力の浦瀬和三朗は逼塞《ひっそく》の処罰を受け、それぞれ五十日間の謹慎という寛大な処置となった。

無実の人間を獄門台に送った罪は大きい。場合によっては、職を召し上げられ失職する可能性もあったが、友太郎とお弓兄妹の嘆願が聞き入れられたのである。

陽射しは弱いが、空は冷え冷えと澄みとおり、風もなく穏やかな初冬の一日であった。

非番の日、剣一郎と剣之助は揃って鎌倉町にやって来た。

大八車がいっぱいに荷を積んで走り去り、また別の荷が店の前にやって来た。

伯父の手から戻った『田丸屋』を、友太郎とお弓の兄妹が再び、看板を上げたのだ。冷たかった親族もころっと変わって、兄妹への協力を惜しまなかったようだ。

「父上。ずいぶん活気がありますね」

剣之助がうれしそうに言う。

「これなら『田丸屋』は立派に再興出来るだろう。なんでも、兄妹が父の商売を再開したというので、江戸の者はこぞって応援しようとしているということだ」

「あっ、友太郎さんだ」

羽織姿の友太郎が店の前に出て来て、荷を運ぶ奉公人にてきぱきと指図をしていた。すっかり健康を取り戻し、若いながら主人の風格を醸し出している。

「行こうか」

「おふたりに会っていかないのですか」

「忙しいのに邪魔をしては悪い」

「そうですね」

「剣之助。どこぞで何か食べて行くか」

「はい」

鎌倉河岸に向かいかけたとき、うしろから呼ぶ声を聞いた。

振り返ると、若い女が駆けて来た。

「お弓さんだ」

剣之助が振り向いて言う。

お弓が駆け寄って来た。

「青柳さま。剣之助さま。せっかくお出でいただいたのに。どうぞお寄りください」

「いや、またにしよう」

「いえ。兄に叱《しか》られますから。ぜひ」

「父上。お言葉に甘えて」

「よし。そうしよう」

「はい。ありがとうございます」

お弓が喜んだ。こんなに晴々としたお弓の顔を見たのははじめてだと、『田丸屋』に向かいながら、剣一郎は覚えず微笑《ほほえ》んでいた。

一〇〇字書評

女形殺し

切り取り線

購買動機（新聞、雑誌名を記入するか、あるいは○をつけてください）	
□（　　　　　　　　　　　　　）の広告を見て	
□（　　　　　　　　　　　　　）の書評を見て	
□ 知人のすすめで	□ タイトルに惹かれて
□ カバーが良かったから	□ 内容が面白そうだから
□ 好きな作家だから	□ 好きな分野の本だから

・最近、最も感銘を受けた作品名をお書き下さい

・あなたのお好きな作家名をお書き下さい

・その他、ご要望がありましたらお書き下さい

住所	〒				
氏名		職業		年齢	
Eメール	※携帯には配信できません	新刊情報等のメール配信を 希望する・しない			

この本の感想を、編集部までお寄せいただけたらありがたく存じます。今後の企画の参考にさせていただきます。Eメールでも結構です。

いただいた「一〇〇字書評」は、新聞・雑誌等に紹介させていただくことがあります。その場合はお礼として特製図書カードを差し上げます。

前ページの原稿用紙に書評をお書きの上、切り取り、左記までお送り下さい。宛先の住所は不要です。

なお、ご記入いただいたお名前、ご住所等は、書評紹介の事前了解、謝礼のお届けのためだけに利用し、そのほかの目的のために利用することはありません。

〒一〇一‐八七〇一
祥伝社文庫編集長　清水寿明
電話　〇三（三二六五）二〇八〇

祥伝社ホームページの「ブックレビュー」からも、書き込めます。

www.shodensha.co.jp/bookreview

祥伝社文庫

女形殺《おやまごろ》し　風烈廻《ふうれつまわ》り与力《よりき》・青柳剣一郎《あおやぎけんいちろう》

平成19年 7 月30日　初版第1刷発行
令和 5 年11月20日　　　第8刷発行

著　者　小杉健治《こすぎけんじ》
発行者　辻　浩明
発行所　祥伝社《しょうでんしゃ》
東京都千代田区神田神保町 3-3
〒101-8701
電話　03（3265）2081（販売部）
電話　03（3265）2080（編集部）
電話　03（3265）3622（業務部）
www.shodensha.co.jp
印刷所　萩原印刷
製本所　ナショナル製本

Printed in Japan ©2007, Kenji Kosugi ISBN978-4-396-33372-0 C0193

祥伝社文庫の好評既刊

小杉健治

子隠し舟

風烈廻り与力・青柳剣一郎⑫

江戸で頻発する子どもの拐《かどわ》かし。犯人捕縛へ″三河万歳《みかわまんざい》″の太夫に目をつけた青柳剣一郎にも魔の手が……。

小杉健治

追われ者

風烈廻り与力・青柳剣一郎⑬

ただ、″生き延びる″ため、非道な所業を繰り返す男とは？　追いつめる剣一郎の執念と執念がぶつかり合う。

小杉健治

詫び状

風烈廻り与力・青柳剣一郎⑭

押し込みに御家人・飯尾吉太郎《いいおきちたろう》の関与を疑う剣一郎。そんな中、伜《せがれ》の剣之助から文が届いて……。

小杉健治

向島心中

風烈廻り与力・青柳剣一郎⑮

剣一郎の命を受け、剣之助は鶴岡へ。哀しい男女の末路に秘められた、驚くべき陰謀とは？

小杉健治

袈裟《けさ》斬り

風烈廻り与力・青柳剣一郎⑯

立て籠《こ》もった男を袈裟《けさ》懸《が》けに斬り捨てた謎の旗本。一躍有名になったその男の正体を、剣一郎が暴く！

小杉健治

仇返《あだがえ》し

風烈廻り与力・青柳剣一郎⑰

付け火の真相を追う父・剣一郎と、二年ぶりに江戸に帰還する伜・剣之助。それぞれに危機が迫る！

祥伝社文庫の好評既刊

小杉健治

破暁の道（下） 風烈廻り与力・青柳剣一郎㊱

江戸であくどい金貸しの素性を洗っていた剣一郎。江戸と甲府で暗躍する、闇の組織に立ち向かう！

小杉健治

離れ簪《かんざし》 風烈廻り与力・青柳剣一郎㊲

夫の不可解な病死から一年。早くも婿を取る商家。奥深い男女の闇――きな臭い女の裏の貌《かお》を、剣一郎は暴けるのか？

小杉健治

霧に棲《す》む鬼 風烈廻り与力㊳

十五年前にすべてを失った男が帰ってきた。哀しみの果てに己《おのれ》を捨てた復讐鬼を、剣一郎はどう裁く⁉

小杉健治

伽羅《きやら》の残香 風烈廻り与力・青柳剣一郎㊴

貴重な香木・伽羅をめぐる、富商、武家、盗賊の三つ巴の争い。剣一郎が、強欲なる男たちの悲しき罪業を暴く！

小杉健治

夜叉《やしや》の涙 風烈廻り与力・青柳剣一郎㊵

剣一郎、慟哭す！ 義弟を喪った哀しみを乗り越え、断絶した父子のために、凶悪な押込みと対峙する。

小杉健治

幻《げん》夜《や》行《こう》 風烈廻り与力・青柳剣一郎㊶

旅籠に入った者に次々と訪れる死。以前殺された女中の霊の仕業か？ 剣一郎、怨霊と幽霊旅籠の謎に挑む。